UM NEGÓCIO FRACASSADO

E OUTROS CONTOS DE HUMOR

Livros do autor na Coleção **L&PM** POCKET:

A dama do cachorrinho e outras histórias
O jardim das cerejeiras seguido de *Tio Vânia*
Um homem extraordinário e outras histórias
Um negócio fracassado e outros contos de humor

ANTON TCHÉKHOV

UM NEGÓCIO FRACASSADO

E OUTROS CONTOS DE HUMOR

Tradução do russo e prefácio de
MARIA APARECIDA BOTELHO PEREIRA SOARES

www.lpm.com.br
L&PM POCKET

Coleção **L&PM** POCKET, vol. 856

Texto de acordo com a nova ortografia.

Primeira edição na Coleção **L&PM** POCKET: março de 2010

Organização, tradução e prefácio: Maria Aparecida Botelho Pereira Soares
Capa: Marco Cena
Preparação: Patrícia Yurgel
Revisão: Gustavo de Azambuja Feix

CIP-Brasil. Catalogação na Fonte
Sindicato Nacional dos Editores de Livros, RJ

T244n

Tchékhov, Anton Pavlovitch, 1860-1904
Um negócio fracassado e outros contos de humor / Anton Tchékhov; tradução do russo e prefácio de Maria Aparecida Botelho Pereira Soares. – Porto Alegre, RS: L&PM, 2010.
208p. – (Coleção L&PM POCKET; v. 856)

Tradução do original em russo
Apêndice
ISBN 978-85-254-2006-0

1. Conto humorístico russo. I. Soares, Maria Aparecida Botelho Pereira. II. Título. III. Série.

10-0723. CDD: 891.73

L&PM Editores
Rua Comendador Coruja, 314, loja 9 – Floresta – 90220-180
Porto Alegre – RS – Brasil / Fone: 51.3225.5777 – Fax: 51.3221.5380
Pedidos & Depto. comercial: vendas@lpm.com.br
Fale conosco: info@lpm.com.br
www.lpm.com.br

Impresso pela Meta Brasil
2021

Sumário

Prefácio

Maria Aparecida Botelho Pereira Soares

I

Anton Pávlovitch Tchékhov (1860-1904) nasceu em Taganrog, Sul da Rússia, oriundo de uma família de classe média. Seu avô fora um servo da gleba e seu pai administrador de fazenda e comerciante.

Apesar dos poucos recursos da família, Anton Pávlovitch conseguiu terminar o ginásio na sua cidade e formou-se em medicina em Moscou. Sua família, formada por pai, mãe e cinco irmãos, mudou-se em 1875 para Moscou devido a problemas financeiros e vivia ali com grandes dificuldades. Tchékhov foi obrigado a trabalhar desde cedo para ajudar no sustento da casa. Com seu talento de escritor, que já se manifestava desde o ginásio, ele passou a colaborar com revistas e jornais humorísticos, ao mesmo tempo em que estudava medicina.

Na Rússia, no início da década de 1880, havia uma grande quantidade de publicações humorísticas. A favor disso pesava o fato de que, após o assassinato do imperador Alexandre II, em 1881, a repressão e a censura haviam recrudescido e os temas políticos e sociais eram proibidos ou evitados.

Demonstrando uma fecundidade literária excepcional, Tchékhov colaborou durante anos com diversos jornais e revistas. Com o passar do tempo e devido ao seu amadurecimento como escritor, sua produção foi adquirindo um caráter mais sério, e os contos humorísticos já eram alternados com relatos menos voltados diretamente para o riso. Para se ter uma ideia da produtividade de Tchékhov, basta dizer que sua obra completa perfaz trinta volumes. Dos doze volumes da edição soviética utilizada para esta tradução, os oito primeiros tomos são somente de contos. Os demais são de peças teatrais e cartas do autor. Os contos "com humor" desta seleção encontram-se nos cinco primeiros.

Não se pode falar de Tchékhov sem mencionar seu humor, que é quase sua marca registrada, mas é necessário distinguir no humor tchekhoviano várias nuances ou modalidades. No início de sua carreira como escritor, atendendo às exigências dos donos de jornais e revistas humorísticos, sua produção consistia de *humoresques*, que são pequenas histórias divertidas, de vaudeviles e de pequenas sátiras. Nessa época ele costumava escrever sob um pseudônimo: Antocha Tchekhontê.

À medida que Tchékhov foi amadurecendo, a sátira foi se tornando cada vez mais presente no seu humor. Dentro das restrições impostas pela censura, seus alvos preferidos eram funcionários públicos, a corrupção, o carreirismo, os casamentos por interesse, a instituição do dote, o adultério, o alcoolismo, o clero da igreja ortodoxa, a polícia, modismos (como os espetáculos de hipnotismo e o espiritismo vulgar, tão do gosto das classes altas da época), as elites e sua indiferença para com os pobres, os burgueses tacanhos.

A sátira era um gênero bastante antigo e muito cultivado na Rússia. Ainda no século XVIII, dois grandes dramaturgos, Fonvízin e Griboiédov, escreveram comédias que deixaram de herança inúmeros aforismos usados e reconhecidos pelos russos até hoje. Púchkin foi o grande mestre das epigramas ferinas e introduzia cenas engraçadas nos seus poemas, romances e até tragédias, como *Boris Godunov*. O grande fabulista Krylov usava a fábula para criticar a sociedade e os poderosos. A seguir, Gógol deu um passo à frente com novelas satíricas, como *O nariz* e *O capote*, com a comédia *O inspetor geral* e o romance *Almas mortas*, só para citar os mais conhecidos. Durante o século XIX, houve grandes satíricos, como Saltykov-Schedrin e Leskôv. Tchékhov recebeu esse legado e prosseguiu, imprimindo sua marca própria. A grande diferença da sátira de Tchékhov com relação à dos autores que o precederam é que ele se mantém quase sempre um escritor realista. Enquanto Gógol, Saltykov-Schedrin e Leskôv utilizam o elemento mágico, animais falantes, o exagero e o grotesco, os personagens de Tchékhov são pessoas reais ou, pelo menos, possíveis. Exceção feita às paródias, até lugares e topônimos são verdadeiros. No conto "A visita", aparecem nomes bastante estranhos de localidades, mas todas elas realmente existiam no vasto império russo, ao contrário de Saltykov-Schedrin, que criava cidades fictícias onde ele colocava todo um quadro de abusos e desmandos das autoridades (*História de uma cidade*).

Um recurso que Tchékhov herdou dos predecessores, especialmente de Gógol e Dostoiévski, e usou à larga foi o uso de sobrenomes fictícios para obter um efeito humorístico.

Tchékhov tentou também a paródia. Nesta seleção, temos dois exemplos, "O fósforo sueco", paródia da literatura policial, que tinha sido inaugurada por Edgar Allan Poe nos EUA e por Émile Gaboriau na França, e uma paródia dos contos de terror em "Uma noite terrível".

Tanto nos contos como nas peças para teatro, o nome de Tchékhov é imediatamente associado a um outro tipo de humor, bastante peculiar, que passou a ser conhecido como "humor tchekhoviano". É como se fosse um sorriso, mas um sorriso triste, com o qual o escritor nos mostra fatos cotidianos, pequenas misérias, injustiças, sofrimentos anônimos. Ele não condena ou julga, antes lamenta as fraquezas humanas. Nesta seleção, temos alguns exemplos desse humor triste em "A palerma", "O marido", "Mau tempo", "Criminoso intencional", "75 mil", "A veranista".

Embora sua produção humorística seja predominantemente obra de sua juventude e tenha um caráter de divertimento, nessa fase por vezes já transparecem assuntos que vão preocupar o escritor mais tarde. E, perpassada por esse caráter divertido, essa obra, até certo ponto, constitui uma crônica de costumes, descrevendo a sociedade e os valores da época.

II

Para o melhor entendimento dos contos de Tchékhov e em geral da literatura russa de antes da Revolução cabe uma explicação sobre as classes e cargos no funcionalismo público na Rússia tsarista. A Rússia sempre foi um país extremamente burocrático. A partir de Pedro, o Grande, que realizou uma reforma no serviço público, tanto civil como militar, formou-se uma rígida hierarquia. Nesse quadro, tanto para civis como para militares, ser bem-sucedido na vida significava galgar, degrau por degrau, essa carreira. O traço mais marcante era o carreirismo, com suas consequências, como a bajulação e o servilismo (vejam-se os contos "O gordo e o magro" e "O álbum"). Esse é um tema recorrente e constante em toda a literatura russa até 1917.

A terminologia dos postos da hierarquia do funcionalismo público, embora às vezes já esvaziada do seu conteúdo original, se manteve fundamentalmente a mesma desde Pedro, o Grande, até a revolução bolchevique. Ela costuma causar algumas dificuldades para o leitor. Para esclarecer essa questão, apresentamos aqui a tabela de classes e cargos.

Pedro, o Grande, criou tabelas para três tipos de funcionários públicos: civis, militares e palacianos. Criou a noção de classe ou nível, e a de posto ou cargo (*tchin*, em russo, donde *tchinóvnik*, funcionário público, e, por extensão, burocrata).

Foram instituídas, em 1722, catorze classes. A classe mais alta corresponde ao número um. Portanto, quanto mais alto é o número, mais baixa é a classe e vice-versa.

Focalizamos principalmente o serviço público civil e, entre parênteses, damos o correspondente no serviço militar, mas apenas da infantaria.

As classes estão numeradas com algarismos romanos:

I – Posto: chanceler ou secretário de Estado
conselheiro secreto de Estado efetivo de primeira classe (general-marechal de campo)

II – Posto: conselheiro secreto efetivo
vice-chanceler (general de infantaria)

III – Posto: conselheiro secreto (tenente-general)

IV – Posto: conselheiro de Estado efetivo (major-general)

V – Posto: conselheiro de Estado (brigadeiro)

VI – Posto: conselheiro colegial (coronel)

VII – Posto: conselheiro de justiça (subcoronel)

VIII – Posto: assessor colegial (major)

IX – Posto: conselheiro titular (capitão)

X – Posto: secretário colegial (tenente-capitão; capitão de campo)

XI – Posto: secretário Naval

XII – Posto: secretário de Governo Provincial (tenente)

XIII – Posto: registrador (subtenente)

XIV – Posto: registrador colegial (sargento-mor)

Pertencer a essas classes, tanto no serviço civil quanto no militar, era privilégio da nobreza. Elas também traziam algumas vantagens. Até 1856, aqueles que atingiam a VIII classe tinham direito ao título de nobreza hereditário. A partir desse ano, só a IV classe dava tal direito. Havia também regras muito precisas sobre o local em que os ocupantes de cada cargo deveriam se sentar nas cerimônias públicas, e a desobediência a essas regras podia acarretar multas. Também era rigidamente determinado o tipo de carruagem e libré que cada classe podia ter.

Havia formas de tratamento especiais para cada grupo de classes. Por razão de simplicidade, usamos indistintamente Vossa Excelência para todas elas.

Os servidores civis cujo posto correspondia ao de general no serviço militar eram também informalmente chamados de general, por isso em toda a literatura russa do século XIX há sempre uma grande quantidade de "generais".

UM NEGÓCIO FRACASSADO

E OUTROS CONTOS DE HUMOR

Um negócio fracassado

Um caso com características de vaudevile

Estou com uma terrível vontade de chorar! Se eu abrisse um berreiro, acho que ficaria mais aliviado.

Fazia uma tarde maravilhosa. Eu me arrumei, penteei o cabelo, passei perfume e, como um Don Juan, fui me encontrar com ela, que mora numa casa de campo em Sokólniki[1]. Ela é jovem, linda, vai receber de dote trinta mil rublos, tem alguma cultura, e a mim, autor, ama como uma gata.

Chegando a Sokólniki, eu a encontrei sentada no nosso banco preferido, debaixo de uns pinheiros altos e esguios. Quando me viu, logo se levantou e veio radiante ao meu encontro.

– Como o senhor é cruel! – disse ela. – Como pode se atrasar tanto? O senhor sabe como fico com saudade! Mas o senhor, hein!

Beijei sua bela mãozinha e, tremendo de emoção, caminhei ao seu lado em direção ao banco. Eu tremia, soltava gemidos e sentia que meu coração inchava e estava prestes a explodir. Meu pulso era o de uma pessoa febril.

E não era para menos! Eu estava ali para decidir de uma vez por todas o meu destino. Era ou vai, ou racha! Tudo dependia daquela tarde.

O tempo estava excelente, mas eu não me interessava por isso. Não ouvia nem mesmo o rouxinol que cantava sobre nossas cabeças, embora seja obrigatório ouvir o canto do rouxinol em qualquer *rendez-vous*[2] que se preze.

– Por que está calado? – perguntou ela, olhando para mim.

– Por nada... Que tarde linda! Sua *maman* vai bem?

---

1. No tempo de Tchékhov, subúrbio onde havia casas de campo. Hoje é um bairro e um parque de Moscou (N.T.)

2. Encontro amoroso. (N.A.)

– Vai bem.

– Hum... Pois é... Varvara Petrovna, é o seguinte: desejo conversar com a senhorita... Foi só por isso que vim. Eu fiquei calado, calado, mas agora... seja o que Deus quiser! Não posso mais me calar.

Vária inclinou a cabeça e começou a despetalar uma flor. Seus dedinhos tremiam. Ela sabia sobre o que eu queria falar. Fiz uma pequena pausa e continuei.

– Para que calar? Por mais que alguém se cale e tenha medo, cedo ou tarde terá de dar vazão ao sentimento e às palavras. A senhorita talvez fique ofendida... pode ser que não entenda... Mas, que fazer?

Fiz uma pausa. Era necessário construir uma frase adequada.

"Mas então fale!", protestavam seus olhinhos. "Molenga! Por que está me torturando?"

– A senhorita, naturalmente, já adivinhou faz tempo – continuei – o motivo pelo qual venho aqui diariamente aborrecê-la com a minha presença. Como não adivinharia? Com sua perspicácia, a senhorita há muito já percebeu em mim o sentimento que... – Pausa. – Varvara Petrovna!

Vária se inclinou ainda mais. Seus dedinhos tremelicaram.

– Varvara Petrovna!

– O que é?

– Eu... Mas o que posso dizer? Já está mais do que claro... Eu a amo, só isso... O que ainda preciso dizer? – Pausa. – Amo-a demais! Eu a amo tanto quanto... Em uma palavra: reúna todos os romances existentes neste mundo, leia todas as declarações de amor contidas neles, as juras, os sacrifícios e... a senhorita terá aquilo que existe agora no meu peito... Varvara Petrovna, por que está calada?

– Que devo lhe dizer?

– Será que é um... não?

Vária levantou a cabecinha e deu um sorriso.

Ah, com os diabos! Ela sorriu, moveu os lábios e sussurrou:

– Por que seria um não?

Desesperado, agarrei e beijei sua mão; como um louco, agarrei sua outra mão... Como ela é maravilhosa!

Enquanto eu me ocupava de suas mãos, ela encostou a cabecinha no meu ombro, e só então eu percebi o luxo que eram seus magníficos cabelos. Beijei sua cabeça e senti um calor dentro do meu peito, como se houvesse um samovar aceso lá dentro. Vária levantou o rosto e não me restou outra coisa senão beijar sua boquinha.

E eis que, quando Vária já estava definitivamente em minhas mãos, quando já estava decidida a entrega dos trinta mil rublos para mim, faltando só a assinatura, quando, em uma palavra, uma esposa bonitinha, uma bela quantia e uma carreira promissora já estavam quase garantidas, o diabo resolveu soltar a minha língua...

Tive desejo de fazer bonito diante da minha eleita, de brilhar exibindo meus princípios e de me gabar. Aliás, não sei o que eu queria... O que saiu foi uma coisa medonha!

– Varvara Petrovna! – comecei, após o primeiro beijo. – Antes de obter sua palavra de que será minha esposa, considero meu dever mais sagrado, para evitar possíveis mal-entendidos, lhe dizer algumas palavras. Vou ser breve. A senhorita, Varvara Petrovna, sabe quem sou eu e o que eu sou? Pois bem, eu sou honesto! Sou trabalhador! Eu... eu sou orgulhoso! Isso não é tudo... Eu tenho um futuro... Mas sou pobre... Eu nada possuo.

– Sei disso – falou Vária. – A felicidade não está no dinheiro.

– É... Mas quem está falando em dinheiro? Eu... tenho orgulho de minha pobreza. Os copeques que recebo por meus trabalhos literários eu não troco por aqueles milhares de rublos que... com os quais...

– Entendo. Mas então?...

– Estou acostumado com a pobreza. Ela não me incomoda. Posso ficar uma semana sem almoçar... Mas a senhorita! A senhorita! Será que a senhorita, que não é capaz de dar dois passos sem alugar uma charrete, que todos os dias estreia um vestido novo, que atira dinheiro aqui e ali, que nunca soube o que é passar necessidade, a senhorita, para quem uma flor fora de moda já é uma grande infelicidade, será que concordará em se separar dos bens terrenos por minha causa? Hum...

– Eu tenho dinheiro. Tenho dote!

– Uma ninharia! Para gastar uns dez mil ou mais, bastam alguns anos... E depois? A necessidade? As lágrimas? Minha cara, acredite na minha experiência! Eu sei, minha senhora! Sei o que estou dizendo! Para enfrentar as dificuldades é preciso ter uma vontade forte, um caráter sobre-humano!

"Que idiotice estou dizendo", pensei, e continuei:

– Pense, Varvara Petrovna! Pense no passo que vai dar! É um passo definitivo! Se tem forças para lutar, venha comigo; se não tem, recuse meu pedido! Oh! É melhor que eu fique privado de sua companhia do que a senhorita do seu sossego. Aqueles cem rublos por mês que a literatura me dá não são nada! Não serão suficientes! Pense bem enquanto é tempo!

Dei um salto e fiquei de pé.

– Pense bem! Onde há fraqueza, há lágrimas, reclamações, cabelos brancos antes do tempo... Se a previno, é porque sou honesto. A senhorita se sente forte o bastante para dividir comigo uma vida que no seu aspecto exterior não se parece nada com a sua, que lhe é estranha?

Pausa.

– Mas eu tenho dote!

– De quanto? Vinte, trinta mil! Há-há! Um milhão? Além disso, será que eu me permitiria apossar-me do que... Não! Nunca! Sou orgulhoso!

Caminhei algum tempo perto do banco. Vária ficou pensativa. Eu estava triunfante. Se ela estava pensativa, era porque me respeitava.

– De modo que é assim: ou a vida comigo e privações, ou a vida sem mim e riquezas... Escolha... Terá forças? Minha Vária é forte?

Continuei falando dessa maneira por muito tempo. E, sem que percebesse, comecei a falar com ardor, ao mesmo tempo sentindo que estava dividido. Uma parte de mim se entusiasmava com o que eu dizia, mas a outra sonhava: "Aguarde só, minha cara! Vamos viver com seus trinta mil tão bem que até no céu vai fazer calor! Esse dinheiro vai dar para muito tempo!".

Vária ouvia, ouvia... Finalmente ela se levantou e me estendeu a mão.

– Eu lhe agradeço! – disse ela com uma voz que me fez estremecer e buscar o seu olhar. Nos seus olhos e faces brilharam lágrimas... – Eu lhe agradeço! O senhor fez bem em ser sincero comigo... Sou uma pessoa frágil... Não posso... Não sirvo para o senhor...

E começou a soluçar. Fiquei desconcertado... Sempre fico desorientado quando vejo mulheres chorando, e ainda mais naquela situação. Enquanto eu pensava no que ia fazer, ela engoliu os soluços e enxugou as lágrimas.

– O senhor tem razão – disse ela. – Se eu me casar com o senhor, vou estar mentindo. Não cabe a mim ser sua esposa. Sou riquinha, delicada, ando de carruagem, almoço galinholas e pastéis caros. Nunca tomo caldos nem sopas. A minha própria mãe me chama a atenção o tempo todo por causa disso... Mas não posso passar sem essas coisas! Não consigo andar a pé... Eu fico cansada... Além disso, os vestidos... O senhor vai ter de mandar fazer minha roupa por sua conta... Não! Adeus!

E, fazendo um gesto trágico com a mão, ela disse sem nenhum propósito:

– Não sou digna do senhor! Adeus!

Dito isso, virou-se e foi para casa. E eu? Fiquei ali de pé, como um idiota, sem pensar, olhando-a e sentindo a terra balançar sob meus pés. Quando voltei a mim e me lembrei de onde estava e da burrada tremenda que minha língua me havia feito cometer, comecei a uivar. As pegadas dela já tinham esfriado quando eu quis gritar: "Volte!".

Envergonhado, de mãos vazias, fui embora para casa. Na entrada da cidade já não circulavam mais os bondes puxados a cavalo. Dinheiro para alugar uma charrete eu não tinha, e foi preciso ir a pé até minha casa.

Uns três dias depois voltei a Sokólniki. Na casa de campo me disseram que Vária estava adoentada e planejava ir com o pai para Petersburgo, para a casa da avó. E eu não consegui nada...

Agora estou deitado na cama, mordendo o travesseiro e batendo na minha nuca. Meu coração está pesado... Leitor, como posso consertar as coisas? Como fazer voltar atrás as minhas palavras? O que dizer ou escrever a ela? Não consigo imaginar! O negócio está perdido, e da maneira mais idiota!

22 de junho de 1882

Uma história abominável

Algo semelhante a um romance

Este fato teve início ainda no inverno.

Havia um baile. A música retumbava, as chamas ardiam nos lustres, os cavalheiros não desanimavam e as moças se deliciavam com a vida. Nos salões havia dança; nos gabinetes, carteado; no bufê, consumo de bebidas; e na sala de leitura, desesperadas declarações de amor.

Liôlia Aslôvskaia, uma lourinha roliça e rosadinha de grandes olhos azuis, cabelos compridíssimos e a cifra 26 na carteira de identidade, estava furiosa com todos, com o mundo inteiro e consigo mesma, e por isso estava sentada sozinha, irada e com um peso no coração. O fato é que, com ela, os homens se comportavam pior do que porcos. Em especial nos últimos dois anos, a atitude deles vinha sendo horrível. Liôlia notou que eles deixaram de prestar atenção nela. Dançavam com ela de má vontade. Mas isso não era tudo: se algum desses canalhas passava perto dela, nem mesmo a olhava, como se ela já não fosse uma beldade. E se por acaso algum rapaz, por descuido, lhe lançava um olhar, ele não demonstrava admiração e nenhum interesse platônico, encarando-a do mesmo modo que alguém olha para um pastelão ou um leitão, antes do almoço.

Porém, antigamente não era assim...

"E isso acontece todas as noites, em todos os bailes!", pensava Liôlia com raiva, mordendo o lábio. "Eu sei por que eles não me notam, eu sei! É por vingança! Estão se vingando de mim porque eu os desprezo. Mas... mas quando vou me casar, afinal? Será possível arranjar um marido desse jeito? O tempo não espera! Vocês são todos uns patifes!"

Na festa em questão, o destino se compadeceu de Liôlia. Quando o tenente Nabrýdlov, em vez de dançar com ela a terceira quadrilha, como tinha prometido, tomou uma bebedeira de cair e, passando perto dela, fez um muxoxo idiota com os lábios, demonstrando, desse modo, total desdém, a moça não aguentou... Sua raiva atingiu o apogeu. Os olhos azuis marejaram, os lábios tremeram. As lágrimas estavam prestes a rolar... Para não mostrar aos profanos o seu pranto, ela se virou para as janelas escuras e suadas de vapor, e... Oh, que instante maravilhoso! Finalmente aconteceu! Perto de uma das janelas viu um rapaz lindo que não tirava os olhos dela. O jovem parecia uma pintura comovente que a atingia bem no coração. Tinha uma postura elegante, olhos cheios de amor, de admiração, de perguntas e respostas; seu rosto era triste. Num instante, Liôlia se animou. Fez a pose adequada e iniciou as observações pertinentes. Estas últimas convenceram-na de que as miradas do rapaz não foram casuais, e sim de que ele realmente não tirava os olhos dela, sorvendo-a maravilhado.

"Meu Deus!", pensou Liôlia. "Alguém bem que podia ter a ideia de nos apresentar! É um homem novo aqui! Ele agora percebeu o meu olhar!"

Logo em seguida ele começou a circular pelas salas e a se aproximar dos homens.

"Quer ser apresentado! Está pedindo para que alguém o apresente!", pensou Liôlia exultante.

Dito e feito. Uns dez minutos depois, um atorzinho amador, sem barba, com uma cara malandra, atendeu ao pedido do rapaz e, arrastando fortemente os pés, apresentou-o a Liôlia. Na realidade, o jovem era dali mesmo, era um pintor talentosíssimo chamado Nógtev. Tinha uns 24 anos, era moreno, com olhos cheios de paixão, como os de um georgiano, lindos bigodinhos e faces pálidas. Ele nunca pintava nada, mas era um pintor. Tinha cabelos longos, cavanhaque, uma paleta de ouro pendurada na corrente do relógio e abotoaduras de ouro também em forma de paleta; usava luvas até os cotovelos e saltos incrivelmente altos. Era um bom rapaz, mas burro como uma toupeira. Seu paizinho era aristocrata, assim como sua mãezinha, e sua vovó era rica. Era solteiro.

Ele apertou timidamente a mão de Liôlia e sentou-se, e então começou a devorar a moça com seus grandes olhos.

Demorou a dizer alguma coisa. Liôlia tagarelava e ele apenas dizia: "Sim... não... eu, sabe...". E, quase sem respirar, respondia algo sem sentido, coçando embaraçado o olho esquerdo (o próprio, não o de Liôlia). No seu íntimo, a moça aplaudia isso. Ela decidiu que o pintor estava caidinho por ela e sentiu-se vitoriosa.

No dia seguinte, Liôlia estava sentada junto à janela do seu quarto e olhava triunfante a rua. Lá embaixo, diante de sua casa, Nógtev vagava de um lado para o outro. Vagava e lançava olhares para as janelas da moça. Olhava como se estivesse prestes a morrer: com um olhar triste, melancólico, terno e ardente. No terceiro dia aconteceu a mesma coisa. No quarto dia, choveu, e ele não apareceu debaixo da janela (alguém o havia convencido de que um guarda-chuva não combinava com a sua imagem). No quinto dia, deu-se um jeito, e ele apareceu na casa dos pais de Liôlia para fazer uma visita. A amizade foi amarrada com um nó górdio: ficaram tão ligados que era impossível desfazer o nó.

Umas quatro semanas depois houve outro baile. (Veja-se o início do conto.)

Nógtev estava de pé junto à porta, encostado no umbral, e devorava Liôlia com os olhos. A moça, no intuito de despertar ciúmes nele, coqueteava com o tenente Nabrýdlov, que estava bêbado, mas só um pouquinho, e não a ponto de cair.

O *papá* de Liôlia aproximou-se de Nógtev.

– O senhor continua a pintar? – perguntou *papá*. – Pratica a pintura?

– Sim.

– Pois é... É uma coisa boa... Deus permita, Deus permita... Hum... Então, Deus lhe deu esse dom. Pois é... Cada qual com o seu talento...

Papá ficou um momento calado e continuou:

– Então, meu jovem, o senhor sabe o que deve fazer, se é um pintor. Na primavera, vá para a nossa casa, na aldeia. Temos lá lugares interessantíssimos! Cada vista! Vou lhe dizer, é de se apaixonar! Nem Rafael pintou coisas tão lindas. Ficaremos muito felizes. E a minha filhinha está tão... amiga do senhor! Hum... Hum... Ah! A juventude! Hê-hê-hê...

O pintor inclinou-se de forma cortês e no dia 1º de maio do mesmo ano rumou para a propriedade dos Aslôvski com suas tralhas, que consistiam de uma inútil caixa de tintas, um colete de piquê, uma cigarreira vazia e duas camisas. Foi recebido com alegria e com muitos abraços. Puseram à sua disposição dois quartos, dois criados, cavalo e tudo o que desejasse, na esperança de que tomasse uma decisão. Ele aproveitou sua nova situação da melhor maneira possível: comia e bebia à vontade, passava muito tempo dormindo, encantava-se com a natureza e não tirava os olhos de Liôlia. Já esta não cabia em si de felicidade. Seu príncipe era acessível, jovem, bonito e tão tímido!... E a amava tanto! Ele era tão tímido que não conseguia se aproximar dela; ficava olhando-a de longe, de trás de uma cortina ou de um arbusto.

"Que amor mais tímido!", pensava Liôlia, suspirando...

Uma bela manhã, seu *papá* e Nógtev estavam sentados num banco do jardim, conversando. *Papá* discorria sobre as maravilhas da felicidade familiar, enquanto Nógtev ouvia pacientemente e buscava com os olhos o torso de Liôlia.

– O senhor é filho único? – perguntou *papá* casualmente.

– Não... Eu tenho um irmão, Ivan... Ótimo rapaz! Uma pessoa maravilhosa! O senhor não o conhece?

– Não tenho a honra...

– É uma pena. Ele é tão brincalhão, sabe? Alegre, um encanto de pessoa. Dedica-se à literatura. Recebe convites de todas as redações. Colabora com *O bufão*. É uma pena que não se conheçam. Ele ficaria feliz de conhecer o senhor... Mas ouça! Quer que eu escreva para ele, convidando-o para vir aqui? Hein? Juro por Deus! A casa vai ficar mais alegre!

Papá sentiu um aperto no coração, como se uma porta o tivesse esmagado, mas não podia fazer nada e foi obrigado a dizer:

– Fico muito feliz!

Demonstrando sua boa disposição, Nógtev levantou-se de um salto e imediatamente escreveu ao irmão, fazendo o convite.

Ivan não demorou em aparecer. E não chegou só: trouxe consigo seu amigo, o tenente Nabrýdlov, e um enorme cão velho e sem dentes, chamado Turka. De acordo com suas palavras, ele os trouxe para que salteadores não o atacassem na estrada e para ter com quem beber. Para eles foram destinados três quartos, dois criados e um cavalo para os dois.

– Os senhores não se preocupem conosco! – disse Ivan aos donos da casa. – Não precisamos de que se preocupem! Nem edredons, nem molhos, nem pianos – não precisamos de nada! Mas, se tiverem a bondade, uma cervejinha ou uma vodcazinha, aí é diferente!

Se conseguirem imaginar um sujeito de uns trinta anos, enorme, com uma cara grande, uma barba rala e nojenta, vestido com um blusão de brim, de olhos inchados e com a gravata torta, vocês me pouparão o trabalho de descrever Ivan. Era o sujeito mais intragável do mundo.

Quando estava sóbrio, ainda era tolerável: ficava deitado na cama, calado. Bêbado, era tão insuportável como carrapicho num corpo nu. Falava sem parar, dizia palavrões, sem se constranger nem mesmo diante de senhoras e crianças. Gostava de falar de piolhos, percevejos, calças e sabe o diabo do que mais. *Papá*, *maman* e Liôlia ficavam perplexos e coravam quando Ivan, à mesa, começava com seus gracejos.

A desgraça maior foi que, durante toda a sua permanência na propriedade dos Aslôvski, ele não ficou sóbrio nem uma vez. E Nabrýdlov, um tenentinho baixo e pequeno, tentava a todo custo imitar Ivan.

– Eu e ele não somos pintores! – dizia o tenente. – Isso não é para nós! Somos homens rudes!

A primeira coisa que Ivan e Nabrýdlov fizeram foi se mudar dos aposentos na casa senhorial para a casa do administrador, que não se importava de beber com pessoas distintas. A segunda foi tirar as casacas e se exibir pelo pátio e pelo jardim só de camisa. A todo momento Liôlia topava com um ou com outro deitado sem casaca debaixo de uma árvore. O irmão e o tenente bebiam, comiam, alimentavam o cachorro com fígado, inventavam piadas sobre os donos da casa, corriam pelo pátio atrás das cozinheiras, faziam uma algazarra no banho, dormiam como pedra e abençoavam a sorte que por acaso os havia levado para aquelas paragens, onde tinham do bom e do melhor.

– Escute aqui – disse certa vez o bêbado Ivan ao pintor, dando uma piscadela para o lado de Liôlia. – Se está a fim dela... com os diabos! Não vamos tocar nela. Você viu primeiro, e é quem entende disso. O lugar é seu! Temos nobreza... Desejamos sorte!

– Não vamos tomá-la de você! Longe disso! – confirmou Nabrýdlov. – Seria uma canalhice de nossa parte.

Nógtev deu de ombros e dirigiu seus olhos cobiçosos para Liôlia.

Quando o silêncio começa a cansar, queremos tempestade; quando se torna enfadonho ser bem-comportado e aristocrático, nos dá vontade de perder o decoro. Assim que Liôlia se cansou daquele amor tímido, começou a se irritar. Amor tímido é um conto de fadas para os rouxinóis. Para grande aborrecimento seu, em junho o pintor continuava tão tímido quanto em maio. Dentro da mansão, o enxoval estava sendo confeccionado; *papá* sonhava dia e noite com um empréstimo para o casamento. Contudo, a relação entre os dois não tinha ainda se encaminhado para uma determinada forma. Liôlia obrigava o pintor a pescar com ela por dias inteiros. Nem isso ajudou. Ele ficava em silêncio ao lado dela segurando o caniço, gaguejava, devorava-a com os olhos – e só. Nenhuma daquelas palavras doces e assustadoras! Nenhuma declaração!

– Trate-me por... – disse certa vez *papá* ao pintor. – Me chame de... Desculpe se o trato por "você"... É por afeição, sabe... Me chame de papai... Eu gosto disso.

E o pintor, de tão bobo que era, começou a chamá-lo de papai, mas nem isso ajudou. Ele continuava mudo numa situação em que deveria reclamar dos deuses por terem dado ao homem apenas uma língua, e não dez. Ivan e Nabrýdlov logo notaram o comportamento de Nógtev.

– O diabo que o entenda! – começaram a murmurar. – Não come o capim e não deixa os outros comerem! Que animal! Morda, pamonha, pois o pedaço está pedindo para entrar na sua boca! Se não quer, vamos pegá-lo para nós! É isso aí!

Mas tudo neste mundo tem um fim. Também este conto vai ter um fim. Vai terminar a indefinição do relacionamento entre o pintor e Liôlia.

O desenlace do romance ocorreu em meados de junho.

Fazia uma noite serena. O ar estava perfumado. O rouxinol cantava a plenos pulmões. As árvores cochichavam. A languidez pendia do ar, de acordo com o linguajar dos beletristas russos... Evidentemente, havia também a lua. Para que a poesia paradisíaca ficasse completa, só faltava o senhor Fet[1] escondido atrás de um arbusto, declamando em voz alta seus cativantes versos.

Liôlia estava sentada num banco, enrolada no xale, e olhava pensativa para o riacho, visível através das árvores.

"Será possível que eu seja tão inacessível?", pensava, e, na sua imaginação, ela se via majestosa, orgulhosa, arrogante... Suas reflexões foram interrompidas por seu pai.

– E então? – perguntou *papá*. – Tudo continua na mesma?

– Na mesma.

– Hum... Diabo... Quando será que isso termina? Está me saindo caro alimentar esses vagabundos! Quinhentos rublos por mês! Não é brincadeira! Só de fígado para o cachorro eu gasto trinta copeques por dia! Se vai pedir sua mão, que peça logo; se não vai, que vão para o diabo o irmão e o cachorro! O que ele diz, pelo menos? Falou alguma coisa com você? Fez alguma declaração?

– Não. Ele é tão tímido, papai!

– Tímido!... Conheço essa timidez! Ele está nos enrolando. Espere aí, vou trazê-lo aqui. Ponha um ponto final nessa história, minha cara! Não faça cerimônia... Já não é sem tempo. Faça-me o favor... Você não é mais novinha... Imagino que já conheça todos os truques!

O pai se afastou. Uns dez minutos depois, abrindo caminho timidamente por entre os arbustos de lilás, o pintor apareceu.

---

1. Pseudônimo de Afanássi Afanássievitch Chênchin (1820-1892), poeta russo, ligado ao campo reacionário. Sua poesia era afastada da realidade, mas alcançou grande perfeição na forma. (N.T.)

– A senhora me chamou? – perguntou ele a Liôlia.

– Chamei. Venha até aqui. Chega de fugir de mim! Sente-se!

O pintor se aproximou devagarinho e sentou-se na pontinha do banco.

"Como ele é bonito na penumbra!", pensou Liôlia, e disse:

– Conte-me alguma coisa! Por que o senhor é tão fechado, Fiódor Pantelêitch? Por que está quase sempre calado? Por que não abre o seu coração para mim? O que eu fiz para merecer do senhor essa falta de confiança? Estou magoada, de verdade... Dá a impressão de que não somos amigos... Mas comece a falar!

O pintor tossiu, deu um suspiro entrecortado e disse:

– Eu tenho muitas coisas para lhe dizer, muitas coisas!

– Mas o que o está impedindo?

– Receio que a senhora se ofenda. Elena Timofêievna, a senhora não ficará ofendida?

Liôlia deu uma risadinha.

"É agora!", pensou ela. "Como ele está tremendo! Que tremedeira! Foi fisgado, queridinho?"

A própria Liôlia começou a tremer de emoção. Foi tomada por aquele estremecimento tão ao gosto dos romancistas.

"Dentro de uns dez minutos vão começar os abraços, os beijos, as juras de amor... Ah!", pôs-se ela a sonhar e, para jogar mais lenha na fogueira, roçou seu cálido cotovelo no braço do pintor.

– E então? Qual é o problema? – perguntou ela. – Eu não sou tão inacessível como o senhor pensa... – Pausa. – Mas fale! – Pausa. – Vamos logo!

– Veja bem... Elena Timofêievna, o que eu mais amo na vida é a pintura... a arte, por assim dizer. Meus amigos acham que eu tenho talento e que de mim sairá um bom pintor...

– Oh, com toda certeza! *Sans doute!*[2]

– Pois é... Então... eu amo a minha arte... Quero dizer... Eu prefiro pintar pessoas, Elena Timofêievna. A arte... A arte, a senhora sabe... Que noite maravilhosa!

---

2. Sem dúvida. (N.A.)

– É mesmo, uma noite rara! – disse Liôlia e, ondulando como uma serpente, encolheu-se dentro do xale e semicerrou os olhos. (As mulheres são imbatíveis nos detalhes quando se trata de cenas de amor!)

– Saiba – continuou Nógtev, retorcendo suas mãos alvas – que há tempos eu estava querendo falar com a senhora, mas tinha receio... Achava que poderia se zangar... Mas a senhora, se me entender, não vai ficar brava comigo. A senhora também é amante das artes!

– Oh... Mas é claro! Como não? Trata-se de arte!

– Elena Timofêievna! A senhora sabe por que estou aqui? Não consegue adivinhar?

Liôlia ficou muito confusa e, como que por descuido, colocou sua mão sobre o cotovelo dele...

– É verdade – continuou Nógtev, após um silêncio. – Existem alguns pintores que agem como porcos... É verdade... Acham que o pudor feminino não vale um tostão... Mas eu... eu não sou assim! Tenho senso de delicadeza. O pudor feminino é um pudor que... que não se pode negligenciar!

"Por que ele está me dizendo isso?", pensou Liôlia, e escondeu seus cotovelos debaixo do xale.

– Eu não sou desse tipo... Para mim, a mulher é sagrada! Por isso, a senhora não tem o que temer... Eu não sou assim, sou de um feitio tal que não me permitirei fazer nenhuma besteira... Elena Timofêievna! A senhora vai concordar? Por favor, ouça-me, juro por Deus, estou sendo sincero, porque estou fazendo isso não por mim, mas pela arte! Para mim, a arte está em primeiro plano, e não a satisfação de instintos animais!

Nógtev agarrou a mão dela. Ela se moveu um pouquinho para o lado dele.

– Elena Timofêievna! Meu anjo! Minha felicidade!

– Sim?

– Posso lhe pedir algo?

Liôlia deu uma risadinha. Seus lábios já estavam na posição de receber o primeiro beijo.

– Posso lhe pedir? Eu lhe suplico! Pela arte, juro por Deus! Eu gostei tanto da senhora! Tanto, tanto! É exatamente do que eu estava precisando! Ao diabo as outras! Elena Timofêievna! Minha amiga! Quer ser minha...

Liôlia se empinou, pronta para cair nos braços dele. Seu coração bateu forte.

– Quer ser minha...

O pintor segurou sua outra mão. Ela encostou docilmente a cabeça no ombro dele. Lágrimas de felicidade brilharam nos seus olhos.

– Minha querida! Quer ser meu modelo-vivo?

Liôlia ergueu a cabeça.

– O quê?

– Quer ser meu modelo-vivo?

Liôlia se levantou.

– Como? Ser o quê?

– Modelo-vivo... Quer ser?

– Ahn? Somente isso?

– A senhora me fará um grande favor! Vai me dar a oportunidade de pintar um quadro... e que quadro!

Liôlia ficou branca. As lágrimas de amor de repente se transformaram em lágrimas de desespero, raiva e outros sentimentos maus.

– Então... era isso? – disse ela com dificuldade, o corpo todo tremendo.

Pobre pintor! Um clarão vermelho-vivo coloriu uma de suas alvas bochechas no momento em que o som de uma forte bofetada se espalhou pelo jardim escuro, misturado com o próprio eco. Nógtev coçou a bochecha e ficou parado, como que petrificado. Ele tinha a sensação de estar despencando através de todo o universo... De seus olhos saíram relâmpagos...

Toda tremendo, pálida como a morte, aturdida, Liôlia deu um passo para a frente e cambaleou. Sentia-se como se a roda de um carro tivesse passado por cima dela. Reunindo suas forças, ela foi para casa, com passos vacilantes, como se estivesse doente. Suas pernas arqueavam, fagulhas saíam de seus olhos, as mãos procuravam os cabelos numa intenção clara de se agarrar a eles...

Quando já estava perto de casa ela teve outro choque que a deixou lívida. No meio do caminho, junto ao caramanchão coberto com videira selvagem, ela viu, de pé e de braços abertos, o bêbado Ivan com sua carantonha, descabelado e com o colete desabotoado. Ele olhou para o rosto de Liôlia, deu um sorriso sardônico e profanou o ar com uma gargalhada mefistofélica, agarrando em seguida a mão dela.

– Afaste-se de mim! – berrou Liôlia, soltando a mão...

Que história abominável!

Junho e julho de 1882

Numa sessão de hipnotismo

O grande salão iluminado fervilhava de gente. Lá dentro reinava o hipnotizador. Apesar de seu físico insignificante e de sua aparência pouco séria, ele brilhava, resplandecia, emitia luz. Todos sorriam para ele, aplaudiam, acatavam suas ordens... Muitos empalideciam na sua presença.

Ele realizava verdadeiros prodígios. Fez um senhor dormir, pôs outro em estado de rigidez; colocou um terceiro com a nuca numa cadeira e os calcanhares em outra... Fez um jornalista alto e magro enrolar-se em espiral. Em resumo, aprontou o diabo.

Sua influência era particularmente forte nas damas. A um simples olhar seu, elas caíam como moscas. Ah, os nervos femininos! Se não fossem eles, a vida neste mundo seria tão aborrecida!

Depois de experimentar sua arte diabólica com os demais, o hipnotizador se aproximou também de mim.

– Parece que o senhor tem uma personalidade muito maleável – disse ele. – O senhor é tão nervoso, expressivo... Não gostaria de entrar em sono hipnótico?

"Por que não? Fique à vontade, meu caro, tente", pensei. Sentei-me numa cadeira no centro do salão. O hipnotizador sentou-se numa cadeira *vis-à-vis*[1], segurou as minhas mãos, e seus terríveis olhos de serpente cravaram-se nos meus pobres olhos.

O público nos rodeou.

– Psss... Senhores! Psss... Silêncio!

Fez-se silêncio... Ficamos ali sentados, olhando para as pupilas um do outro... Um minuto se passou, dois minutos... Senti arrepios na espinha, meu coração começou a bater forte, mas não tinha vontade de dormir...

Continuávamos sentados... Passaram-se cinco, sete minutos...

1. Em frente. (N.A.)

– Ele não se entrega! – disse alguém. – Bravo! Esse homem é formidável!

Ainda estávamos sentados, nos encarando... Eu não tinha sono e nem ao menos vontade de cochilar... Se fosse a leitura de uma ata na câmara ou no conselho, eu há muito já estaria dormindo... O público começa a sussurrar e a dar risadinhas... O hipnotizador está ficando confuso e começa a piscar... Coitado! Quem é que gosta de um fiasco? Espíritos, salvem-no, enviem Morfeu às minhas pálpebras!

– Ele não se entrega! – diz a mesma voz. – Já chega, desista! Eu já disse que tudo isso eram truques!

Mas então, no momento em que eu, atendendo à voz do conhecido, fiz menção de me levantar, senti na palma de minha mão um objeto estranho... Pelo tato, percebi que era um papelzinho. Meu pai era médico, e os médicos só pelo tato reconhecem a qualidade do papel. De acordo com a teoria de Darwin, eu herdei essa capacidade do meu pai, além de muitas outras. No papelzinho eu identifiquei uma nota de cinco rublos. Imediatamente adormeci.

– Bravo, hipnotizador!

Os médicos presentes se aproximaram de mim, me rodearam, me cheiraram e disseram:

– Hum... É... Está em sono hipnótico...

Feliz com o sucesso, o hipnotizador agitou as mãos sobre minha cabeça e eu, dormindo, caminhei pelo salão.

– Faça o braço dele ficar rígido! – sugeriu alguém.

– O senhor consegue? Faça o braço dele enrijecer.

O hipnotizador (o homem não era medroso!) levantou meu braço direito e começou a fazer nele suas manipulações: massageou, soprou, deu uns tapinhas. Meu braço não obedeceu. Estava mole como um trapo e não mostrava intenção de enrijecer.

– Não enrijece! Faça-o acordar, senão pode lhe causar dano... Ele é fraquinho, nervoso...

Então minha mão esquerda sentiu na palma uma nota de cinco rublos... Um estímulo se transmitiu da mão esquerda para a direita por meio do reflexo, e meu braço instantaneamente ficou rígido.

– Bravo! Vejam como está duro e frio! Como o de um cadáver!

– Anestesia total, diminuição da temperatura e enfraquecimento do pulso – relatou o hipnotizador.

Os médicos começaram a apalpar meu braço.

– É, o pulso está mais fraco – observou um deles.

– Estado tetânico completo. A temperatura está muito mais baixa...

– Como o senhor explica isso? – perguntou uma das senhoras.

O médico deu de ombros, suspirou e disse:

– Temos apenas os fatos! Explicações, infelizmente, não...

Os senhores têm os fatos, e eu, duas notas de cinco rublos. As minhas valem mais... Obrigado, hipnotizador, e de explicações eu não preciso...

Pobre hipnotizador! Por que foi se meter com uma cobra como eu?

P.S.: Não é mesmo uma maldição? Não é uma baixeza? Acabei de saber que quem colocou as notas de cinco rublos na minha mão não foi o hipnotizador, e sim Piotr Fiódorytch, meu chefe...

– Eu fiz isso para saber se você é honesto... – disse ele.

Ah, o diabo que o carregue!

– Que vergonha, irmão... Que feio! Não esperava...

– Mas eu tenho filhos, Excelência... Tenho esposa... Tenho mãe... Com a atual carestia...

– É errado... E ainda quer publicar seu próprio jornal... Chora quando discursa nos almoços comemorativos... Que vergonha! Pensei que você fosse um homem honesto, mas acontece que você... *haben Sie gewesen*...[2]

Tive de lhe devolver as duas notas de cinco rublos. Que fazer? A reputação é mais importante do que o dinheiro.

– Não estou zangado com você! – disse o chefe. – Vá para o diabo, sua natureza é essa mesma... Mas, ela! Ela!

2. Você foi... (em alemão). (N.T.)

In-crí-vel! Ela! Doçura, inocência, *blancmange*[3] e tudo o mais! Hein? Veja só, ela também se deixou tentar pelo dinheiro! Também adormeceu!

Com a palavra *ela* meu chefe tinha em mente sua esposa, Matriona Nikoláievna.

24 de janeiro de 1883

3. Manjar branco (em francês). (N.T.)

A PALERMA

Dias atrás mandei chamar a governanta dos meus filhos, Iúlia Vassílievna, ao meu gabinete. Precisávamos acertar as contas.

– Sente-se, Iúlia Vassílievna! – eu disse. – Vamos acertar nossas contas. A senhora provavelmente necessita de dinheiro, mas tem cerimônia demais para pedir... Vamos lá... Nós combinamos trinta rublos por mês...

– Quarenta...

– Não, trinta... Eu tenho aqui escrito... Eu sempre paguei trinta para as governantas... Então, a senhora ficou aqui dois meses...

– Dois meses e cinco dias...

– Dois meses exatos... Eu tenho aqui anotado. Portanto, a senhora tem a receber sessenta rublos... Temos que descontar nove domingos... pois a senhora não estudou com Kólia nos domingos, somente passearam... e houve ainda três feriados...

Iúlia Vassílievna ficou vermelha e começou a repuxar os babadinhos de sua roupa, mas não disse uma só palavra...

– Três feriados... Consequentemente, vamos tirar doze rublos... Durante quatro dias Kólia ficou doente e não teve aulas... A senhora estudou só com Vária... Três dias a senhora teve dor de dente e minha esposa permitiu que a senhora não desse aula depois do almoço... Doze mais sete – dezenove. Subtraindo, restam... hum... 41 rublos. Certo?

O olho esquerdo de Iúlia Vassílievna ficou vermelho e cheio d'água. Seu queixo tremeu. Ela deu uma tossida nervosa, assoou o nariz, mas – nem uma palavra!

– Na véspera de ano-novo a senhora quebrou uma xícara de chá e um pires. Vamos tirar dois rublos... A xícara custa mais do que isso, era herança de família, mas... deixa pra lá! Não vamos fazer questão disso! Adiante: devido à sua falta de atenção, Kólia subiu numa árvore e rasgou seu casaquinho. Vamos tirar dez... A arrumadeira, também devido à sua falta de atenção, roubou umas botinas de Vária. A senhora deveria cuidar de tudo. É para isso que recebe salário. Então, vamos tirar mais cinco... No dia sete de janeiro a senhora pegou adiantado comigo dez rublos...

– Eu não peguei! – sussurrou Iúlia Vassílievna.

– Mas eu tenho aqui anotado!

– Então, está bem... Que seja.

– De 41 vamos subtrair 27 – restam catorze.

Os dois olhos de Iúlia Vassílievna encheram-se de lágrimas... No seu belo e alongado narizinho apareceram gotas de suor. Pobre menina!

– Eu só peguei uma vez – disse ela com voz trêmula. – Peguei com a sua esposa três rublos... Não peguei mais...

– É mesmo? Ora, isso não está anotado! Tirando três de catorze, sobram onze... Aqui está o seu dinheiro, caríssima! Três... três... três... um... um... Tenha a bondade de receber!

E lhe entreguei onze rublos... Ela pegou o dinheiro e com os dedinhos tremendo meteu-o no bolso.

– *Merci* – sussurrou ela.

Levantei-me de um salto e comecei a caminhar pelo gabinete. Estava indignado.

– *Merci* por quê? – perguntei.

– Pelo dinheiro...

– Mas eu a roubei, com os diabos, eu a assaltei! Acabei de roubá-la! Por que *merci*?

– Nos outros lugares eles não pagavam nada...

– Não pagavam? Então não é de se estranhar! Eu estava brincando com a senhora, estava lhe dando uma lição cruel... Vou lhe pagar todos os oitenta rublos! Estão aqui preparados, neste envelope! Mas é possível ser assim tão pateta? Por que a senhora não protesta? Por que fica calada? Será que neste mundo é possível não ser atrevido? É possível ser tão palerma?

Ela deu um sorriso azedo e eu li no seu rosto: "É possível!".

Pedi desculpas pela cruel lição e, para sua grande surpresa, entreguei-lhe todos os oitenta rublos. Ela disse um *merci* tímido e saiu... Fiquei olhando quando ela se afastava e pensei: "Como é fácil ser poderoso neste mundo!".

19 de fevereiro de 1883

O TOLO

Narrativa de um solteirão

Prokhór Petróvitch coçou a nuca, cheirou rapé e continuou sua narrativa:

– Meteram-me goela abaixo duas garrafas de xerez. Eu estava sentado, bebendo, e percebo: eles me rodeiam, dão sorrisos galhofeiros e me felicitam. A filha da dona da casa está sentada ao meu lado e eu, bêbado e idiota, sinto que não paro de tagarelar, dizendo besteiras. Falo sobre vida em família, ferros de passar e vasos. Após cada palavra, um beijo ardente... Eca! Fico enojado só de lembrar.

Acordo no outro dia, minha cachola estala, minha boca fede a chiqueiro, mas sinto e compreendo que já não sou um moleque, não sou menino, e sim um noivo, e dos mais verdadeiros, com aliança no dedo e tudo! Vou falar com o meu finado pai:

– O negócio é o seguinte, paizinho querido, dei minha palavra... Quero me casar.

Como era de se esperar, meu pai cai na risada... Não acredita.

– Como é que um fedelho como você vai querer se casar? – diz ele. – Você não tem nem vinte anos ainda!

De fato eu era jovem, naquela época. Mais novo que a primeira neve... Tinha cabelos louros cacheados, um coração ardente dentro do peito; em vez desta pança esférica, tinha uma cinturinha fina de mulher.

– Viva um pouco mais e depois se case – diz meu pai.

Mas eu me rebelei... E não era para menos: eu era voluntarioso, mimado, e não desisti da minha decisão.

– Com quem você quer se casar? – perguntou meu pai.

– Com a Mariachka Krýtkina...

Meu pai ficou horrorizado.

– Com aquela velhaca? Você enlouqueceu! O pai dela é um trapaceiro, vive pendurado de dívidas... Estão te fazendo de bobo! Querem te apanhar na rede deles! Você é um tolo!

De fato, eu era um tolo. Cabeça de jumento. Quando eu batia na minha cabeça, ouviam o barulho no outro quarto... E bem sonoro! Até meus trinta anos, nunca disse uma palavra inteligente. E os tolos, como vocês sabem, estão sempre em desgraça: eu saía de uma, caía em outra... E era bem feito, quem mandou ser bobo... Ora me batiam, ora me botavam para fora das casas e das tavernas... Fui expulso sete vezes do ginásio... Ora me casavam... Pois é... Meu pai xinga, grita, quase me bate, mas eu não arredo pé.

– Quero me casar e ponto final! Ninguém tem nada com isso! Pai nenhum pode me impedir, já que eu tenho capacidade para pensar! Não sou mais criança!

Minha finada mãe vem correndo. Não pode crer nos seus ouvidos e cai desmaiada... Eu me agarro à minha decisão. Por que não posso me casar, se desejo ter minha própria família? 'E como a Mariachka é linda!...', pensava eu. Na realidade, ela não era nenhuma beldade, mas assim me parecia. Eu queria que fosse assim e meti essa ideia tola na cabeça... Ela era meio corcunda, vesguinha, magricela... E ainda por cima era burra... Em resumo: um espantalho nunca visto. Os Krýtkin tinham interesse em que eu me casasse com ela. Eles eram uns pobretões e eu tinha posses. Meu pai tinha uma grande fortuna.

O papai então vai procurar o meu chefe:

– Excelência! Caríssimo amigo! Não permita que meu cabeça-dura se case! Faça essa caridade divina! Esse casamento vai ser a perdição do menino!

Para minha desgraça, meu chefe era um homem com laivos de liberalismo. Naquela época o tal espírito liberal tinha acabado de entrar na moda.

– Não posso me intrometer na vida pessoal dos meus subordinados – disse ele. – E não o aconselho a atentar contra a liberdade do seu filho.

– Mas ele é um tolo, Excelência!

O chefe deu um soco na mesa:

– Não importa o que ele seja, prezado senhor, ele tem o direito de fazer de sua vida o que quiser! Ele é um homem livre, prezado senhor! Quando é que vocês, bárbaros, vão entender a vida? Mande seu filho aqui!

Vão me chamar. Abotoo todos os meus botões e vou.

– O que deseja, senhor? – perguntei.

– É o seguinte, meu jovem: seus pais querem impedir que o senhor proceda de acordo com os desejos do seu coração. Isso é cruel e torpe da parte deles. Esteja certo, meu jovem, a simpatia de pessoas de bem estará sempre do seu lado. Se ama, siga o que manda seu coração. E se seus pais, por ignorância, lhe puserem obstáculos, venha me dizer. Eu saberei como lidar com eles... Eu... eu mostrarei a eles!

E, para demonstrar que estava realmente imbuído do espírito liberal, acrescentou:

– Estarei presente ao seu casamento. Posso até ser o padrinho. Amanhã mesmo vou dar uma olhada na sua noiva.

Fiz uma reverência e saí exultante. Meu pai estava ali perto, quase chorando, e eu fiz uma figa para ele com a mão dentro do bolso.

No dia seguinte o chefe foi olhar a minha noiva e gostou dela.

– É magra – diz ele –, mas tem um rosto simpático. Tem bondade estampada no rosto. É muito graciosa. O senhor tem sorte, meu jovem.

Três dias depois ele levou presentes para a noiva.

– Aceite – diz ele –, da parte de um velho que lhe deseja felicidades.

E até verteu algumas lágrimas... No quinto dia celebrou-se o contrato de casamento e ele tomou ponche e bebeu duas taças de champanhe. Quanta bondade!

– Excelente mulherzinha, a sua! Magra, estrábica, mas tem um quê afrancesado! E que fogo ela tem!

Três dias antes do casamento vou à casa de minha noiva. Com um buquê, vejam bem...

– Onde está Mariacha?

– Não está em casa...

– E onde ela foi?

Meu futuro sogro fica calado, rindo. Minha sogra está sentada ali também, bebendo café adoçado. (Antes ela sempre bebia café não adoçado e mordia um torrão de açúcar após cada gole.)[1]

– Mas onde ela está? Por que estão calados?

– Quem é você para fazer esse interrogatório? Volte para o lugar de onde veio! Do mesmo jeito que chegou aqui, vá embora!

Olhei melhor e percebi: meu sogrinho estava inteiramente de porre... Tinha tomado um pileque, o canalha!

– Ela não está! – diz ele, dando uma risadinha. – Procure outra noiva para você, porque Mariachka[2]... foi promovida! Hê-hê-hê! Foi se encontrar com o benfeitor!

– Com qual benfeitor?

– Aquele mesmo... O seu benfeitor barrigudo, Sua Excelência... Hê-hê-hê... Não devia ter trazido ele aqui!

Fiquei completamente embasbacado!"

Prokhór Petróvitch assoou sonoramente o nariz, deu uma risadinha e acrescentou:

– Eu fiquei embasbacado e desde então me tornei mais inteligente...

9 de março de 1883

---

1. Esta última é a maneira tradicional russa de beber chá ou café. Com esse detalhe, Tchékhov quer mostrar que a família já havia sofrido influências ocidentalizantes do "benfeitor". (N.T.)

2. Mariacha e Mariachka são diminutivos de Maria, sendo que o último tem nuance pejorativa. (N.T.)

O maninho

Uma jovem estava de pé junto à janela, olhando pensativa para a calçada cheia de lama. Atrás dela havia um rapaz em uniforme de funcionário público. Ele cofiava os bigodinhos e dizia com voz emocionada:

– Pense bem, irmã! Ainda é tempo! Faça-me esse favor! Recuse o pedido desse merceeiro barrigudo! Mande-o às favas, ele que se dane! Então! Faça-me esse favor!

– Não posso, maninho! Dei a ele minha palavra.

– Eu lhe imploro! Poupe nosso sobrenome! Você é uma aristocrata, tem título de nobreza, é instruída; já ele é um russo ignorante, um homem do povo, um brutamontes! Um brutamontes! Entenda isso, sua desmiolada! Ele vende *kvas*[1] fedorento e arenque podre! É um trapaceiro! Ontem mesmo você aceitou seu pedido e hoje cedo ele deu cinco copeques a menos de troco para a nossa cozinheira! Ele tira o couro dos pobres! E então? Onde foram parar os seus sonhos? Hein? Meu Deus do céu! Hein? Você gosta do Michka Trekhvóstov, meu colega de departamento; você sonha com ele! E ele também te ama...

A irmã ficou vermelha. Seu queixo tremeu, os olhos se encheram de lágrimas. Era evidente que o irmãozinho tinha tocado no ponto mais sensível.

– Você vai fazer a sua infelicidade e a de Michka... O rapaz desandou a beber! Eta, irmã, irmã! Deixou-se tentar pela fortuna do brutamontes, pelos brincos e pulseiras. Vai se casar por interesse com uma droga... com uma coisa imunda... Vai se casar com um ignorante... Ele nem sabe escrever direito o sobrenome! Mítri Nekoláiev.[2] "Ne", está ouvindo? Nekoláiev... Que cavalgadura! Velho, grosseiro, abrutalhado... Então, faça-me essa caridade!

---

1. Bebida tradicional russa, feita de centeio, que lembra uma cerveja preta mais diluída e com menor teor alcoólico. (N.T.)

2. A forma culta é Dmítri Nikoláiev. (N.T.)

A voz do irmãozinho soou embargada e rouca. Ele deu uma tossidinha e enxugou os olhos. Seu queixo tremeu.

– Dei minha palavra, maninho... E já estou farta de nossa pobreza...

– Vou dizer uma coisa, já que chegamos a este ponto! Não queria ficar sujo com você, mas vou dizer... É melhor perder minha boa reputação do que ver minha querida irmã infeliz... Escute, Kátia, eu conheço um segredo do seu merceeiro. Se você souber desse segredo, vai recusar o pedido dele imediatamente... É o seguinte... Sabe em que lugar imundo eu o encontrei certa vez? Sabe, hein?

– Em qual?

O maninho abriu a boca para responder, mas foi impedido. Na casa entrou um rapaz de *poddiovka*[3], botas sujas e com um grande cartucho de papel nas mãos. Ele se persignou e ficou parado junto à porta.

– Mítri Terêntitch manda saudá-lo – disse ele, dirigindo-se ao irmão – e deseja ao senhor um bom domingo. E isto aqui é para o senhor.

O maninho franziu o cenho, pegou o cartucho, deu uma olhada dentro e sorriu com desdém.

– Que é isto? Alguma besteira, deve ser. Hum... Parece um pão de açúcar...

Ele puxou o cone de açúcar do cartucho, retirou a embalagem e tamborilou com os dedos na sua superfície.

– Hum... De que fábrica é esse açúcar? De Bobrínski? Eu sabia! E isto, é chá? Está fedendo a alguma coisa... Umas sardinhas... Uma pomada sem razão de ser; passas cheias de cisco... Ele está querendo me comprar, está me bajulando... N-não, amiguinho! Você não vai me comprar! E para que ele meteu aqui café de chicória? Eu não bebo isso. Café faz mal... É ruim para os nervos... Está bem, pode ir! Dê-lhe minhas saudações!

O rapaz saiu. A moça correu e agarrou o irmão pelo braço... Ela tinha ficado muito impressionada pelo que ele

---

3. Casaco pregueado na cintura, antiga vestimenta usada por não nobres, na Rússia. (N.T.)

havia começado a dizer. Mais uma palavra sua e o merceeiro estaria perdido!

– Mas então me fale! Fale! Onde foi que você o viu?

– Em lugar nenhum. Eu estava brincando... Faça o que tem vontade de fazer! – disse o irmãozinho, batendo novamente os dedos no açúcar.

12 de março de 1883

Um caso da prática judiciária

O caso se passava no tribunal do distrito de N., durante uma de suas últimas sessões.

No banco dos réus estava sentado um pequeno-burguês[1] de N., Sídor Chelmetsov[2], rapaz de uns trinta anos, com um rosto vivo e inquieto de cigano e olhinhos marotos. Estava sendo acusado de roubo com arrombamento, de trapaça e de viver com nome falso. O último delito se complicava ainda mais pela apropriação de títulos alheios. O promotor fazia a acusação. O nome desse promotor é legião[3]. Não possui qualidades ou sinais especiais que confiram popularidade ou honorários sólidos: é igual a tantos outros. Tem uma voz nasalada, não pronuncia a letra "k", assoa o nariz a cada minuto.

Já a defesa era conduzida por um advogado famosíssimo e imensamente popular. Todo mundo o conhece. Seus discursos maravilhosos são citados, seu sobrenome é pronunciado com veneração...

Nos maus romances, que terminam com a absolvição total do herói e aplausos do público, ele representa um papel importante. Nesses romances seu sobrenome é derivado de palavras como trovão, relâmpago e outros fenômenos atmosféricos não menos impressionantes.

Depois que o promotor conseguiu demonstrar que Chelmetsov era culpado e não merecia condescendência;

1. Na Rússia tsarista, a sociedade era nitidamente dividida em classes, e as categorias, que constavam inclusive do documento de identidade, eram: camponês, pequeno-burguês e nobre. (N.T.)

2. Sobrenome fictício formado a partir da palavra russa *chelmá* – velhaco, tratante. (N.T.)

3. Alusão a uma passagem dos Evangelhos, em que Jesus expulsa uma legião de demônios do corpo de um possuído. Ele se dirige ao demônio que habitava o corpo do possesso e lhe pergunta: "Qual é o seu nome?". O demônio responde: "Meu nome é legião, porque somos muitos". (Lucas, 8:30). (N.T.)

depois que ele explicou, convenceu e disse: "Terminei", a defesa se levantou. Todos aguçaram os ouvidos. Fez-se silêncio total. O advogado começou a falar e... os nervos da plateia de N. se agitaram! Ele esticou seu pescoço bronzeado, inclinou a cabeça para um lado, lançou olhares flamejantes, levantou o braço, e um deleite inexplicável se derramou pelos ouvidos atentos. Sua fala fazia vibrar os nervos como se eles fossem as cordas de uma balalaica... Mal ele pronunciou duas ou três frases, ouviu-se um sonoro suspiro no meio do público e uma dama pálida foi retirada da sala. Passados três minutos, o presidente do júri foi obrigado a estender a mão para a campainha e a fez soar três vezes. O oficial de justiça, com o nariz vermelho, virou-se na cadeira e lançou olhares ameaçadores para a plateia entusiasmada. Todas as pupilas se dilataram, os rostos estavam tensos e pálidos, em apaixonada expectativa pelas próximas frases. E o que se passava com os corações!

– Nós somos gente, senhores do júri, e vamos julgar como seres humanos! – disse em tom casual o defensor. – Antes de comparecer diante dos senhores, este homem sofreu prisão preventiva durante seis meses. Ao longo de seis meses sua esposa foi privada da companhia do marido ardentemente amado, nos olhos das crianças as lágrimas não secavam quando se lembravam de que ao seu lado não estava o pai querido! Oh! Se os senhores vissem essas crianças! Estão passando fome, porque não têm quem as alimente; estão chorando, porque estão profundamente infelizes... Vejam! Elas estão estendendo suas mãozinhas aos senhores, implorando que lhes devolvam seu papai! Elas não estão aqui, mas os senhores podem vê-las na sua imaginação. – Pausa. – Conclusão... Hum... Este homem foi colocado junto com ladrões e assassinos... Logo ele! – Pausa. – Basta imaginar seu sofrimento moral durante essa prisão, longe da esposa e dos filhos, para... Mas, que há para dizer?

Ouviram-se soluços na plateia... Quem chorou foi uma jovem com um grande broche no peito. A seguir, uma velhinha sentada ao lado dela começou a chorar baixinho.

O defensor falava, falava, evitando os fatos e enfatizando a psicologia.

– Conhecer sua alma é conhecer um mundo particular, especial, cheio de movimento. Eu estudei esse mundo... Ao fazer isso, confesso que primeiramente estudei o homem. Eu entendi esse homem... Cada movimento de sua alma me diz que em meu cliente eu tenho a honra de ver um ser ideal...

O oficial de justiça parou de olhar ameaçadoramente e enfiou a mão no bolso para pegar o lenço. Mais duas damas foram levadas para fora da sala. O presidente deixou a campainha em paz e pôs os óculos para que não notassem as lágrimas que surgiram no seu olho direito. Todos procuravam seus lenços. O promotor, aquela pedra, aquele gelo, o mais insensível dos seres, remexia-se inquieto na poltrona, vermelho e olhando fixamente para debaixo da mesa... Algumas lágrimas cintilaram através dos seus óculos.

"Eu devia ter recusado fazer a acusação!", pensava ele. "Que fiasco eu vou sofrer!"

– Vejam os olhos dele! – prosseguia o defensor, e seu queixo tremia, sua voz tremia, através dos seus olhos transparecia uma alma sofredora. – Será que esses olhos doces, ternos, podem encarar o crime com indiferença? Oh, não! Eles estão chorando! Essas maçãs salientes de calmuco[4] escondem nervos delicados! Dentro desse peito rude e disforme bate um coração que está longe de ser criminoso! E os senhores ousam afirmar que ele é culpado?

Nesse momento, o próprio acusado não aguentou. Chegou sua vez de chorar. Ele pestanejou, chorou e se remexeu, inquieto...

– Sou culpado! – disse ele, interrompendo o defensor. – Sou culpado! Reconheço a minha culpa! Roubei e fiz falcatruas! Sou um amaldiçoado! Apanhei dinheiro do baú e mandei minha cunhada esconder um casaco de peles roubado... Confesso! Sou culpado de tudo!

E o réu contou como tudo havia se passado. Foi condenado.

17 de março de 1883

---

4. Os calmucos são um povo de origem mongólica que atualmente habita algumas regiões da Mongólia, China e Sibéria. (N.T.)

Personalidade enigmática

Uma cabine de trem, na primeira classe.

No leito forrado de veludo cor de framboesa está recostada uma senhora bonitinha, pequena e jovem. Sua mão comprime com ardor um leque caro, cheio de franjas, fazendo-o estalar; o pincenê a todo momento cai do seu belo narizinho, e o broche no peito ora se levanta, ora se abaixa, como um barco no meio das ondas. Ela está nervosa... Sentado no divã à sua frente está o encarregado de missões especiais do governador, um jovem escritor estreante que, nos diários oficiais, tem publicado pequenos contos, ou "novelas", como ele mesmo os chama, retratando a vida da classe alta... O rapaz olha fixamente para o rosto da moça, com ar de especialista. Ele a examina, estuda, tenta captar aquela personalidade excêntrica, enigmática, e a compreende, consegue alcançá-la... Ele vê toda a sua alma, toda a sua psicologia, como a palma de sua mão.

– Oh! Eu a compreendo! – diz o encarregado de missões especiais, beijando o braço dela perto do bracelete. – Sua alma é sensível, solícita, busca uma saída do labirinto... É isso! É uma luta terrível, monstruosa, mas... não desanime! A senhora vencerá! Eu garanto!

– Descreva como eu sou, Voldemar! – pede a dama, com um sorriso triste. – Minha vida é tão cheia, tão variada, tão multicor... Mas o mais importante é que sou infeliz! Sou uma sofredora *à la* Dostoiévski... Mostre ao mundo minha alma, Voldemar, mostre esta pobre alma! O senhor é um psicólogo. Nós conversamos menos de uma hora nesta cabine e o senhor já me compreendeu inteiramente.

– Fale! Eu lhe suplico, fale!

– Ouça. Eu nasci numa família pobre, de um funcionário público. Meu pai era um homem bom, inteligente, mas... a mentalidade da época, o meio... *Vous comprenez.*[1] Não culpo

1. O senhor entende. (N.A.)

o meu pobre pai. Ele bebia, jogava cartas, aceitava subornos... E minha mãe... Que posso dizer? As necessidades, a luta por um pedaço de pão, a consciência de não ser nada... Ah, não me force a relembrar! Fui obrigada a abrir meu próprio caminho... A monstruosa educação no colégio para moças, a leitura de romances tolos, os erros da juventude, o primeiro e tímido amor... E a luta contra a sociedade? Terrível! E as dúvidas? E os sofrimentos pela descrença na vida e em mim mesma, que eu começava a sentir? Ah! O senhor é um escritor e conhece a nós, mulheres. O senhor vai entender... Infelizmente, eu nasci para coisas grandiosas... Eu esperava a felicidade, e que felicidade! Tinha a ambição de ser alguém – era nisso que eu via a felicidade!

– Mas como é maravilhosa! – balbuciou o escritor, beijando o braço dela junto ao bracelete. – Não é a senhora que estou beijando, ó criatura maravilhosa, e sim o sofrimento humano! A senhora se lembra de Raskólnikov[2]? Ele beijava assim.

– Oh, Voldemar! Eu necessitava de fama... ruídos... brilho... como qualquer natureza privilegiada. Para que ser modesta? Ansiava por alguma coisa extraordinária, fora da vida habitual das mulheres! Então aconteceu... Então... surgiu no meu caminho um velho e rico general... Entenda, Voldemar! Foi um sacrifício pessoal, uma renúncia! Entenda, eu não podia agir de outra forma! Eu trouxe riqueza para minha família, fiz muitas viagens, ajudei outras pessoas... E como sofri, como eram insuportáveis, sórdidos e repulsivos para mim os abraços daquele general – embora, justiça seja feita, em sua vida ele tenha combatido bravamente. Passei por certos momentos... momentos terríveis! Mas eu me fortalecia com o pensamento de que, mais dia, menos dia, o velhote iria morrer, e eu viveria como desejava, me entregaria ao homem que eu amasse, seria feliz... E esse homem existe, Voldemar! Deus sabe que ele existe!

A dama sacode o leque com mais força. Seu rosto adquire uma expressão de choro.

---

2. Personagem central de *Crime e castigo*, de Dostoiévski. (N.T.)

– Aí o velhote morre... Ele me deixou alguma coisa, estou livre como um pássaro. É este o momento de ser feliz... Não é mesmo, Voldemar? A felicidade está batendo à minha porta. Basta deixá-la entrar, mas... não! Voldemar, ouça, eu lhe imploro! Este é o momento de me entregar ao homem que eu amo, ajudá-lo, ser sua companheira, levar adiante seus ideais, ser feliz... descansar... Mas, como tudo é torpe, sujo e idiota neste mundo! Como tudo é baixo, Voldemar! Sou infeliz, infeliz, infeliz! No meu caminho há novamente um obstáculo! Novamente eu sinto que minha felicidade está longe! Ah, quanto sofrimento! Se o senhor soubesse! Quanto sofrimento!

– Mas o que é? O que existe no seu caminho? Eu lhe imploro, diga-me! O que é?

– Outro velho rico...

O leque, quebrado, cobre o rostinho bonito. O escritor apoia sua cabeça pensativa no punho, suspira e se põe a refletir, com ar de psicólogo e especialista. A locomotiva assobia e solta chiados, as cortinas da janela ficam avermelhadas ao sol poente.

19 de março de 1883

A informação

Era meio-dia. O fazendeiro Voldyriov, um homem alto, corpulento, de cabelos curtos e olhos saltados, tirou o sobretudo, esfregou a testa com o lenço de seda e entrou timidamente na repartição pública. Lá dentro as penas arranhavam febrilmente o papel...

– Onde posso obter uma informação? – perguntou ele a um porteiro que vinha dos fundos da repartição, trazendo uma bandeja com copos. – Eu preciso de uma informação e de uma cópia da resolução publicada no diário.

– Ali, por favor! Com aquele ali, sentado perto da janela! – disse o porteiro, apontando com a bandeja para a última mesa.

Voldyriov deu uma tossida e dirigiu-se ao local indicado. Lá, metido num uniforme desbotado, atrás de uma mesa verde e cheia de manchas que lembravam o tifo, estava sentado um jovem com quatro topetes na cabeça e um nariz comprido cheio de espinhas. Ele escrevia com o narigão enfiado nos papéis. Perto de sua narina direita passeava uma mosca e, a todo momento, ele espichava o lábio inferior e soprava na direção do nariz, gesto que conferia ao seu rosto uma expressão extremamente preocupada.

– Eu poderia, aqui... com o senhor... – disse Voldyriov – conseguir uma informação sobre o meu caso? Eu sou Voldyriov... A propósito, eu preciso também de uma cópia da resolução publicada no diário do dia 2 de março.

O funcionário molhou a pena no tinteiro e deu uma olhada para ver se tinha apanhado tinta demais. Convencido de que a pena não ia gotejar, ele começou a escrever. Esticou o lábio, mas não havia mais necessidade de soprar, pois a mosca havia pousado na sua orelha.

– Eu poderia obter aqui uma informação? – repetiu Voldyriov um minuto depois. – Sou Voldyriov, fazendeiro...

– Ivan Aleksêitch! – gritou o funcionário para o ar, como se não tivesse notado a presença de Voldyriov. – Diga ao comerciante Iálikov, quando ele vier, que leve a cópia da declaração para ser autenticada na polícia! Já disse a ele mil vezes!

– Trata-se do meu litígio com os herdeiros da princesa Gugúlina – balbuciou Voldyriov. – O caso é de conhecimento geral. Peço-lhe encarecidamente que me dê atenção.

Ainda sem notar Voldyriov, o funcionário apanhou a mosca, que pousara no seu lábio, examinou-a detidamente e a libertou. O fazendeiro tossiu e assoou o nariz ruidosamente no seu lenço xadrez. Nem isso adiantou. Continuavam a não ouvi-lo. O silêncio durou uns dois minutos. Voldyriov tirou do bolso uma nota de um rublo e a colocou diante do funcionário, sobre o livro aberto. O funcionário franziu a testa, puxou para si o livro com ar preocupado e o fechou.

– Pode me dar uma pequena informação? Eu só queria saber em que se baseiam os herdeiros da princesa Gugúlina... Posso perturbá-lo por um instante?

Mas o funcionário, ocupado com seus pensamentos, levantou-se e, coçando o cotovelo, por alguma razão desconhecida caminhou em direção ao armário. Um minuto depois voltou ao seu lugar e tornou a pegar o livro: sobre ele estava outra nota de um rublo.

– Vou incomodá-lo um minuto apenas... Quero somente uma informação...

O funcionário não ouviu e começou a copiar alguma coisa.

Voldyriov franziu o rosto e olhou desesperançado para a turma que arranhava o papel com as penas.

“Eles escrevem!”, pensou o fazendeiro, suspirando. “Eles escrevem, e que vão para o diabo!”

Ele se afastou da mesa e ficou parado no meio da sala com os braços caídos, sem esperança. O porteiro, que passava novamente com os copos, com certeza notou a expressão de desamparo no seu rosto, porque se aproximou e perguntou baixinho:

– E então? Conseguiu a informação?

– Tentei, mas não querem falar comigo.

– Dê-lhe três rublos... – cochichou o porteiro.

– Já dei dois.

– Dê mais.

Voldyriov voltou à mesa e colocou sobre o livro aberto uma nota de três rublos.

Novamente o funcionário puxou para si o livro, começou a folhear e, de repente, como que por acaso, levantou os olhos para Voldyriov. Seu nariz ficou vermelho, lustroso e enrugado num sorriso.

– Ah! O que o senhor deseja? – perguntou ele.

– Eu queria informações sobre o meu caso... Eu sou Voldyriov.

– Muito prazer! É sobre o caso da Gugúlina? Pois muito bem! E o que o senhor deseja, especificamente?

Voldyriov explicou o seu pedido. O funcionário se agitou como se tivesse sido levado por um ciclone. Deu a informação, mandou que fizessem a cópia, ofereceu uma cadeira ao solicitante – e tudo isso num piscar de olhos. Fez até comentários sobre o tempo e perguntou como iam as colheitas. E, quando Voldyriov estava saindo, desceu com ele a escada, sorrindo amistosamente e com respeito, parecendo estar prestes a se prostrar aos pés do solicitante a qualquer momento. Por algum motivo, Voldyriov ficou constrangido e, movido por um impulso interior, tirou do bolso um rublo e deu ao funcionário, que não parava de se inclinar. Este, sorrindo, pegou o rublo como um mágico, fazendo-o desaparecer no ar...

"Mas... que gente!", pensou o fazendeiro.

Já na rua, ele parou e esfregou a testa com o lenço.

3 de setembro de 1883

O GORDO E O MAGRO

Na estação ferroviária de Nikoláievski dois amigos se encontraram: um era gordo, o outro era magro. O gordo tinha acabado de almoçar na estação, e seus lábios, cobertos de gordura, estavam lustrosos como ameixas maduras. Ele exalava um aroma de xerez e de flores de laranjeira. O magro tinha acabado de descer do vagão e estava carregado de malas, trouxas e caixas. Ele cheirava a presunto e borra de café. Atrás dele podia-se ver uma mulher alta, magra, com um queixo comprido – era sua esposa –, e também um aluno do ginásio, alto, com um olho semicerrado – seu filho.

– Porfíri! – exclamou o gordo ao ver o magro. – Mas é você? Meu querido, há quanto tempo!

– Meu Deus do céu! – espantou-se o magro. – Micha! Meu amigo de infância! Como foi que você brotou aqui?

Os amigos se beijaram três vezes e ficaram se olhando, com os olhos cheios de lágrimas. Ambos estavam agradavelmente surpresos.

– Ah, meu querido! – começou o magro, depois de se beijarem. – Que encontro inesperado! Mas que surpresa! Olhe para mim! Continua bonitão como sempre! A mesma simpatia e elegância! Mas, veja só você! Meu Deus! E então, como você está? Está rico? Casou? Eu já sou casado, como pode ver... Esta é minha mulher, Luíza, nascida Vanzenbach... luterana... E este é o meu filho, Nafanail, aluno do terceiro ano do ginásio. Este, Nafânia, é meu amigo de infância! Fomos colegas de ginásio!

Nafanail pensou um pouco e tirou o quepe.

– Estudamos juntos no ginásio! – continuou o magro. – Lembra-se de como você era chamado? De Herostrato[1], porque você pôs fogo num livro do colégio com o cigarro,

1. Pastor grego que, para ficar célebre, incendiou o templo de Artemisa em Éfeso (N.T.)

e a mim chamavam de Efialtes[2], porque eu gostava de dar queixa dos outros. Hô-hô-hô... Éramos crianças! Não tenha medo, Nafânia! Chegue mais perto dele... E esta é minha esposa, nascida Vanzenbach... luterana.

Nafanail pensou um pouco e se escondeu atrás das costas do pai.

– Então, como vai você, meu amigo? – perguntou o gordo, olhando entusiasmado para o colega. – Onde você trabalha? Conseguiu fazer carreira?

– Eu trabalho, meu querido. Sou assessor colegial[3] há dois anos e já recebi o Estanislau[4]. O salário é ruim, mas... deixa pra lá! Minha mulher dá aulas de música, e eu faço em casa cigarreiras de madeira. Ótimas cigarreiras! Vendo por um rublo cada. Se alguém compra dez ou mais, dou desconto. Fazemos um biscatinho aqui, outro ali... Servi, sabe, num departamento, e agora fui transferido para cá como chefe de seção, no mesmo departamento... Agora vou trabalhar aqui. E você? Com certeza já é conselheiro de Estado? Hein?

– Não, meu querido, suba um pouco mais – disse o gordo. – Já cheguei a conselheiro secreto... Tenho duas condecorações.

O magro empalideceu de repente, ficou paralisado, mas, em seguida, seu rosto se contorceu em todas as direções num imenso sorriso; parecia que sua cara e seus olhos soltavam faíscas. Ele se curvou, encolheu, ficou mais fino... Suas malas, trouxas e caixas encolheram e enrugaram... O queixo de sua mulher ficou ainda mais comprido; Nafanail fez posição de sentido e abotoou todos os botões do seu uniforme...

---

2. Em 480 a.C. o rei persa Xerxes atacou a Grécia. Efialtes era um pastor grego que, mostrando aos persas um caminho alternativo, traiu o espartano Leônidas, quando este tentava defender o desfiladeiro de Termópilas. Leônidas morreu ali com seus trezentos soldados. (N.T.)

3. A propósito das classes no serviço público na Rússia tsarista, ver prefácio. (N.T.)

4. Cruz de São Estanislau, condecoração para os funcionários civis que atingiam a oitava classe. (N.T.)

– Eu, Excelência... Fico muito feliz, senhor! Um amigo de infância, pode-se dizer, e de repente já é um fidalgo importante! Hi-hi!

– Ah, deixa disso! – disse o gordo franzindo a testa. – Para que esse tom? Somos amigos de infância, para que esse servilismo e essa bajulação?

– Perdão... Não se trata disso, senhor... – disse o magro, dando risadinhas e se encolhendo ainda mais. – A condescendente atenção de Vossa Excelência... é como uma brisa vivificante... Este aqui, Excelência, é meu filho Nafanail... Esta é minha esposa Luíza, luterana, de certo modo...

O gordo quis retrucar alguma coisa, mas no rosto do magro estava estampada tanta reverência, melosidade e azedume respeitoso, que o conselheiro secreto sentiu náuseas. Ele se afastou um pouco e estendeu a mão em despedida.

O magro apertou-lhe três dedos, inclinou todo o tronco e soltou uma risadinha fina, como um chinês: "Hi-hi-hi". A esposa deu um sorrisinho. Nafanail bateu no chão com o salto do sapato e deixou cair o quepe. Os três estavam agradavelmente perplexos.

1º de outubro de 1883

No departamento dos correios

Alguns dias atrás, fomos ao enterro da jovem esposa do nosso velho chefe dos correios, Sladkopértsev[1]. Sepultada a beldade, nos dirigimos para o departamento dos correios a fim de homenagear a memória da defunta, segundo o costume de nossos pais e avós.

Quando as panquecas foram servidas, o idoso viúvo chorou amargamente e disse:

– As panquecas estão coradinhas como a minha finada esposa. Estão tão bonitas quanto ela! É o mesmo que vê-la!

– É mesmo – concordaram os convidados –, sua esposa era de fato uma beleza... Mulher de primeira qualidade!

– Pois é... Todos que a viam ficavam admirados... Mas, senhores, eu a amava não pela beleza, e nem pelo bom caráter. Essas duas qualidades são próprias da natureza feminina e são encontradas com bastante frequência na face da terra. Eu a amava por outra qualidade de sua alma. Eu amava minha finada esposa (que Deus lhe dê o reino dos céus!) porque ela, apesar do seu temperamento brincalhão e de sua vivacidade, era fiel ao seu marido. Ela era fiel a mim, embora tivesse apenas vinte anos, enquanto eu estou perto de fazer sessenta! Ela era fiel a mim, um velho!

O diácono, que também participava da rememoração em nossa companhia, expressou suas dúvidas com um eloquente mugido e um acesso de tosse.

– Pelo visto, o senhor não está acreditando – disse-lhe o viúvo.

– Não é bem isso – desconcertou-se o diácono –, é que, em geral... As jovens esposas hoje em dia estão muito... como direi?... Sabe como é... *rendez-vous*, molho provençal...

– Se o senhor duvida, vou lhe provar! Eu garantia a fidelidade dela de várias maneiras, com várias estratégias,

---

1. Sobrenome formado a partir das palavras russas *sládki*, doce, e *pérets*, pimenta. (N.T.)

por assim dizer, e construí uma espécie de muralha. Graças aos meus atos e à minha esperteza, minha esposa não poderia me trair de jeito nenhum. Usei a esperteza para defender meu leito conjugal. Conheço umas palavras que valem por uma senha. Basta dizer essas palavras e posso dormir sossegado com relação à fidelidade...

– E que palavras são essas?

– As mais simples. Eu espalhava pela cidade certos boatos. Os senhores, com toda a certeza, conhecem esses boatos. Eu dizia a todo mundo: "Minha mulher, Aliona, é amante do nosso chefe de polícia Ivan Aleksêitch Zalikhvátski"[2]. Bastavam essas palavras para ninguém ousar cortejar Aliona, com medo da ira do chefe de polícia. Quando, por acaso, os homens a encontravam, saíam correndo, para que Zalikhvátski não pensasse alguma coisa. Hê-hê-hê. Porque alguém que se metesse com aquele brutamontes bigodudo não teria, depois disso, nenhuma alegria. Ele emitiria cinco relatórios acusando o engraçadinho de falta de higiene. Ou então, se visse seu gato na rua, escreveria um relatório dizendo que era animal solto.

– Quer dizer, então, que sua esposa não vivia com Ivan Aleksêitch? – perguntamos com infindável espanto.

– Não, senhores, essa foi a minha esperteza... Hê-hê... E então, eu não consegui enganar muito bem vocês, jovens? Pois é isso aí!

Fez-se um silêncio de uns três minutos. Ficamos calados, ofendidos e, ao mesmo tempo, envergonhados, porque aquele velho gordo, de nariz vermelho, nos tinha feito de bobos com tanta astúcia.

– Mas, com a ajuda de Deus, o senhor há de se casar novamente – resmungou o diácono.

29 de outubro de 1883

---

2. Valentão, fanfarrão (em russo). (N.T.)

Do diário de uma jovem

13 de outubro. Finalmente, uma festa na minha rua. Olho e não acredito no que vejo. Diante da minha janela, de um lado para o outro, caminha um moreno alto, esbelto, de olhos negros e profundos. E os bigodes! Um encanto! Já é o quinto dia que ele caminha, desde manhã cedo até tarde da noite, e sempre olhando para as nossas janelas. Finjo que não estou notando.

Dia 15. Hoje, desde cedo, está chovendo sem parar, e ele, coitadinho, continua a caminhar. Como recompensa, lancei-lhe uns olhares e mandei um beijo aéreo. Ele respondeu com um sorriso encantador. Quem será ele? Minha irmã Vária diz que ele está apaixonado por ela, e que é por causa dela que está se molhando na chuva. Como ela é ignorante! Por acaso um moreno pode se apaixonar por uma morena? Mamãe nos mandou vestir uma roupa melhor e sentar perto da janela. "Pode ser que seja algum vigarista, mas também pode ser um senhor direito", disse ela. Um vigarista... *Quel*...[1] Como a senhora é boba, mãezinha!

Dia 16. Vária diz que eu atrapalho a vida dela. A culpa é minha se *ele* gosta de mim, e não dela? Deixei cair, por acaso, um bilhetinho na calçada, perto dele. Ah, espertinho! Ele escreveu com giz na manga: "Depois". E continuou caminhando, caminhando, e mais tarde escreveu no portão *vis-à-vis*[2]: "Não sou contra, mas depois". Escreveu com giz e apagou depressa. Por que meu coração está batendo tanto?

Dia 17. Vária me deu uma cotovelada no peito. Invejosa, baixa, nojenta! Hoje *ele* fez um policial parar, conversou com ele durante muito tempo, apontando para as nossas janelas. Está tramando alguma intriga! Está subornando, deve ser... Vocês, homens, são uns tiranos e déspotas, mas como são espertos e maravilhosos!

---

1. Mas qual. (N.A.)

2. Em frente. (N.A.)

Dia 18. Esta noite, depois de longa ausência, chegou o meu irmão Serioja. Nem teve tempo de se deitar e foi intimado a ir à delegacia.

Dia 19. Canalha! Nojento! Acontece que todos esses doze dias *ele* estava investigando o meu irmão Serioja, que gastou dinheiro alheio e estava foragido.

Hoje *ele* escreveu no portão: "Estou livre e posso". Animal... Botei a língua para ele.

29 de outubro de 1883

Calúnia

O professor de caligrafia Serguêi Kapitônytch Akhinêiev[1] festejava o casamento de sua filha Natália com o professor de história e geografia Ivan Petróvitch Lochadínykh. A alegre festa transcorria às mil maravilhas, com música, cantos e danças no salão. Pelos demais cômodos da casa, garçons contratados do clube, de fraques pretos e gravatas brancas manchadas, corriam como loucos de um lado para o outro. Havia barulho e conversas. Sentados lado a lado no divã, o professor de matemática Tarântulov, o francês Padekuá e o vice-inspetor da Câmara de Controle Iegór Venedíktytch Mzdá, num ritmo apressado e interrompendo-se mutuamente, contavam aos outros convidados casos de sepultamento em vida e expressavam sua opinião sobre o espiritismo. Nenhum dos três acreditava em espiritismo, mas admitiam que, neste mundo, existe muita coisa que a inteligência humana jamais alcançará. Em outro cômodo, o professor de literatura Dodônski explicava aos presentes quais eram os casos em que uma sentinela tem o direito de atirar nos transeuntes. Como veem, as conversas eram terríveis, mas muito agradáveis. Do lado de fora, no pátio, pessoas que, por sua posição social, não tinham direito de estar lá dentro espiavam através das janelas.

À meia-noite em ponto o dono da casa foi até a cozinha para ver se estava tudo pronto para a ceia. Uma fumaça cobria o ar do teto até o chão, composta dos cheiros de gansos,

1. Os sobrenomes neste conto foram inventados a partir de palavras russas: Akhinêiev vem de *akhineia*, bobagem, confusão, disparate; Lochadínykh vem de *lóchad*, cavalo; Tarântulov vem de tarântula, o mesmo que em português; *mzdá* significa recompensa, paga, suborno; Dodônski vem de *dodon*, canhestro, desajeitado; Vânkin vem de *vanka*, apelido que era dado aos aldeões que iam ganhar algum dinheiro nas cidades, trabalhando como cocheiros com seus próprios carros e cavalos de segunda categoria; Výssekin vem do verbo *výssetch*, bater, açoitar. Já Padekuá vem do francês *pas de quoi*, não há de quê. (N.T.)

patos e outras coisas mais. Em duas mesas, estavam dispostos e espalhados numa desordem artística, exibindo seus atributos, os tira-gostos e as bebidas. A cozinheira Marfa, uma mulher corada, de barriga dupla e cintura apertada, agitava-se ao redor das mesas.

– Mostre o esturjão, minha cara! – disse Akhinêiev, esfregando as mãos e lambendo os beiços. – Ah! Que cheiro, que aroma! Poderia comer tudo nesta cozinha! Então, mostre o esturjão!

Marfa foi até um dos bancos e levantou com cuidado uma folha de jornal engordurada. Debaixo da folha, numa imensa bandeja, descansava um grande esturjão, preparado ao molho e colorido com alcaparras, azeitonas e cenouras. Akhinêiev olhou para o peixe e suspirou. Seu rosto ficou radiante, os olhos se arregalaram. Então ele se inclinou e, com os lábios, emitiu um som de roda de carroça mal lubrificada. Ficou ali algum tempo, depois estalou os dedos de prazer e fez novamente um muxoxo com os lábios, como uma beijoca.

– Epa! Som de beijo ardente! Com quem você está se beijando, Marfucha? – ouviu-se do cômodo vizinho uma voz, e na porta apareceu a cabeça tosada do auxiliar dos orientadores de classe Vânkin. – Com quem você está? Ah... muito prazer! É com Serguêi Kapitônytch! Bom vovô, não há o que dizer! Dançando uma *polonaise* com uma mulher, num *tetê-à-tête*[2]!

– Eu não estava beijando ninguém – disse Akhinêiev, confuso. – Quem lhe disse isso, seu idiota? Eu estava... eu estalei os lábios com relação ao... eu estava manifestando minha satisfação... Quando vi o peixe...

– Sim, me conte outra!

A cabeça de Vânkin, com um sorriso rasgado, desapareceu na porta. Akhinêiev ficou vermelho.

"Que diabo!", pensou ele. "O canalha vai fazer fofoca. Vai sujar o meu nome na cidade inteira, o animal..."

Akhinêiev entrou receoso na sala e olhou com o rabo do olho para os lados: onde estaria Vânkin? Este estava junto ao

2. A sós. (N.A.)

piano, inclinado, numa pose de valentão, cochichando algo para a cunhada do inspetor, que ria enquanto escutava.

"É sobre mim!", pensou Akhinêiev. "Está falando de mim, raio que o parta! E a outra está acreditando... está acreditando! Está rindo! Ai, meu Deus! Não, isso não pode ficar assim... Não... Preciso dar um jeito de não acreditarem nele... Vou falar com todo mundo, e ele vai fazer papel de bobo e de fofoqueiro."

Akhinêiev coçou o queixo e, constrangido, se aproximou de Padekuá.

– Ainda há pouco eu estive na cozinha, fui dar ordens para a ceia – disse ele ao francês. – O senhor, eu sei, gosta de peixe e, meu caro, vamos ter um esturjão... e que esturjão! Mede dois archins[3]! Hê-hê-hê... A propósito... quase ia me esquecendo... Ainda agora, quando eu estava na cozinha, aconteceu um caso muito engraçado com esse esturjão. Eu entrei na cozinha e me deu vontade de dar uma olhada na comida... Quando vi o esturjão, fiquei tão contente que estalei os beiços! Nesse momento entra aquele idiota do Vânkin e diz... há-há-há... e diz: "Aaaah! Vocês estão aqui se beijando?" Eu e a Marfa cozinheira! Ele inventou isso, o bobalhão! A mulher é feia de dar medo, parece um bicho, e ele: "Estão se beijando!". Que cara mais esquisito!

– Quem é esquisito? – perguntou Tarântulov, aproximando-se.

– Aquele ali, Vânkin! Eu entrei na cozinha...

E ele contou a história de Vânkin.

– Me fez rir, o maluco! Eu acho que é mais agradável beijar o focinho de um cachorro do que a Marfa – acrescentou Akhinêiev, e, virando-se, viu Mzdá atrás de si.

– Estamos falando de Vânkin – explicou Akhinêiev. – Ele é muito estranho! Entra na cozinha, me vê ao lado de Marfa e começa a inventar coisas. "Ah! Vocês estão se beijando?" Ele bebeu e ficou vendo coisas. Eu lhe disse que é mais fácil eu beijar um peru do que a Marfa. "Além do mais, eu tenho esposa, seu idiota." Ele me fez rir.

---

3. Archin: antiga medida russa de comprimento, equivalente a 71 centímetros. (N.T.)

– Quem fez o senhor rir? – perguntou o padre, professor de religião, que também se aproximara.

– Vânkin. Eu estava na cozinha, vendo como estava o esturjão...

E assim por diante. Meia hora depois, todos os convidados já sabiam da história do esturjão e de Vânkin.

"Pode contar para eles agora!", pensou Akhinêiev, esfregando as mãos. "Faça isso! Assim que começar a contar, vão lhe dizer: 'Pare de falar besteira, seu bobo! Já sabemos de tudo!'."

Akhinêiev ficou tão sossegado e alegre que bebeu quatro cálices além da conta. Ao final da ceia, após acompanhar os recém-casados até a câmara nupcial, foi para o seu quarto e adormeceu como uma criança inocente. No dia seguinte já havia esquecido a história do esturjão. Mas, que desgraça! O homem supõe e Deus dispõe! A má língua fez o seu trabalho e não adiantou a esperteza de Akhinêiev! Exatamente uma semana depois, na quarta-feira, depois da terceira aula, estava ele de pé no meio da sala dos professores, falando das más inclinações do aluno Výssekin, quando o diretor se aproximou e o chamou a um canto.

– É o seguinte, Serguêi Kapitônytch – disse o diretor. – Desculpe... Não é assunto meu, mas, apesar disso, devo lhe informar... É meu dever... É o seguinte: correm boatos de que o senhor está vivendo com aquela... com a cozinheira... Não tenho nada com isso, mas... Viva com ela, beije... faça o que quiser, mas, por favor, não tão publicamente! Eu lhe peço! Não se esqueça de que o senhor é um educador!

Akhinêiev ficou gelado e aturdido. Ele foi para casa, sentindo-se como se um enxame inteiro o houvesse picado, como se tivesse levado um banho de água fervendo. Enquanto caminhava, tinha a sensação de que a cidade toda o olhava, como se ele estivesse sujo de betume... Em casa, nova desgraça o aguardava.

– O que há com você, que ainda não botou nada na boca? – perguntou sua mulher durante o almoço. – Está pensando em quê? No amor? Está com saudade da Marfuchka? Eu sei de tudo, seu fingido! Pessoas bondosas abriram os meus olhos! Aaah! Seu bárbaro!

E deu-lhe uma bofetada na bochecha!... Ele se levantou e, sem sentir a terra embaixo dos pés, foi andando trôpego até a casa de Vânkin, sem casaco e sem chapéu. O colega estava em casa.

– Você é um canalha! – disse Akhinêiev. – Por que me enlameou diante de todo mundo? Por que espalhou essa calúnia?

– Que calúnia? O que o senhor está inventando?

– E quem foi que espalhou a fofoca de que eu estava beijando a Marfa? Vai dizer que não foi você? Não foi você, moleque?

Vânkin começou a piscar, todas as fibras do seu rosto envelhecido estremeceram e ele levantou os olhos para o ícone, dizendo:

– Que Deus me castigue! Que meus olhos arrebentem e que eu morra, se eu disse uma palavrinha sequer contra o senhor! Que eu me dane! A peste para mim é pouco!

Ficou evidente que quem fez a fofoca não foi ele.

"Mas então quem? Quem?", pensou Akhinêiev, passando mentalmente em revista todos os seus conhecidos e batendo no peito. "Quem foi?"

– Quem foi? – perguntamos nós aos leitores...

12 de novembro de 1883

O FÓSFORO SUECO

Novela policial

I

Na manhã de 6 de outubro de 1885, chegou ao gabinete do comissário de polícia da segunda seção da circunscrição rural de S. um rapaz vestido decentemente, o qual informou que seu patrão, o alferes de cavalaria reformado Mark Ivânovitch Kliáuzov, tinha sido assassinado. Ao dar essa informação, o rapaz estava pálido e muito nervoso. Suas mãos tremiam e seus olhos estavam cheios de terror.

– Com quem tenho a honra de falar? – perguntou o comissário.

– Psékov, administrador de Kliáuzov. Agrônomo e mecânico.

O comissário foi com Psékov ao local da ocorrência e, lá chegando, ele e as testemunhas encontraram o seguinte: junto ao pavilhão onde Kliáuzov morava havia uma multidão. A notícia do ocorrido tinha varrido os arredores com a velocidade de um raio, e as pessoas, devido ao feriado, acorriam ao pavilhão, vindas de todas as aldeias vizinhas. Havia muito ruído e falatório. Aqui e ali era possível ver alguns rostos pálidos e chorosos. A porta para o quarto de dormir de Kliáuzov estava trancada. A chave estava pendurada no lado de dentro.

– Pelo visto, os criminosos entraram no quarto pela janela – observou Psékov, examinando a porta.

Eles foram ao jardim, para onde dava a janela do quarto. A janela tinha um aspecto sombrio e sinistro. Estava encoberta por uma cortina verde desbotada. Um dos cantos da cortina estava levemente levantado, o que permitia dar uma espiada dentro do quarto.

– Algum de vocês olhou pela janela? – perguntou o comissário.

– De jeito nenhum, Excelência – disse o jardineiro Efrém, um velho baixinho, de cabelos brancos e cara de sargento reformado. – Quem ia querer olhar, se está todo mundo tremendo de medo?

– Ah, Mark Ivânytch, Mark Ivânytch! – suspirou o comissário, olhando pela janela. – Eu lhe disse que você ia acabar mal! Eu lhe falei, infeliz, mas você não ouviu! A libertinagem não leva a nada de bom!

– Foi graças ao Efrém – disse Psékov. – Sem ele nós não teríamos percebido. Foi ele quem primeiro teve a ideia de que havia algo de anormal aqui. Ele me procura hoje de manhã e diz: "Por que será que o patrão não acordou até agora? Está uma semana inteira sem sair do quarto!". Assim que ele disse isso, foi como se eu tivesse levado uma martelada na cabeça... A ideia logo me veio... Ele não apareceu desde sábado passado, e hoje é domingo! Sete dias! Brincadeira!

– É... Coitado... – suspirou novamente o comissário. – Um rapaz inteligente, culto, tão bom! E era um companheiro de primeira! Mas tão devasso, que Deus o tenha! Eu já esperava qualquer coisa! Stepan – disse ele a uma das testemunhas –, vá imediatamente ao meu gabinete e mande Andriúchka procurar o comissário da circunscrição e informar a ele o ocorrido! Diga que Mark Ivânytch foi assassinado! E vá correndo também atrás do policial. Ele que deixe de ficar à toa e venha para cá! E você vá pessoalmente o mais rápido que puder à casa do juiz Nikolai Ermoláitch[1] e diga a ele que venha aqui! Espere, vou escrever um bilhete para ele.

O comissário mandou os guardas cercarem o pavilhão, escreveu o bilhete para o juiz de instrução e foi tomar chá na casa do administrador. Uns dez minutos depois ele estava sentado num tamborete, mordendo cuidadosamente um torrão de açúcar e bebendo aos goles um chá quente como brasa.

– Vejam vocês... – disse ele a Psékov. – Vejam vocês... Um nobre, rico... favorito dos deuses, como diria Púchkin,

1. Forma curta, coloquial, de Ermoláievitch. (N.T)

e no que deu? Em nada! Vivia bêbado, na libertinagem, e então... deu nisso! Foi assassinado.

Duas horas depois chegou o juiz de instrução Nikolai Ermoláievitch Tchúbikov, um velho corpulento de uns sessenta anos, que exercia o seu mister havia um quarto de século. Era conhecido em toda a circunscrição como um homem honesto, inteligente, enérgico e que gostava muito do seu trabalho. Chegou ao local da ocorrência acompanhado de seu inseparável ajudante e companheiro, o escrivão Diukóvski, um jovem alto de uns 26 anos.

– Será possível, senhores? – disse Tchúbikov, entrando na sala de Psékov e apertando apressadamente a mão de todos os presentes. – Será possível? O Mark Ivânytch? Assassinado? Não, isso é impossível! Im-pos-sí-vel!

– Pode acreditar... – suspirou novamente o comissário.

– Meu Deus do céu! Eu o vi na sexta-feira em Tarabánkov! Eu e ele, desculpem, bebemos vodca juntos.

– Pode acreditar... – suspirou mais uma vez o comissário.

Ficaram ali suspirando e se horrorizando algum tempo, beberam um copo de chá cada um e se dirigiram para o pavilhão.

– Abram passagem! – gritou o policial para a multidão.

Dentro do pavilhão, o juiz de instrução ocupou-se inicialmente em examinar a porta do quarto de dormir. Era uma porta de madeira de pinho, pintada com tinta amarela, e estava intacta. Não foram encontrados sinais que pudessem indicar alguma coisa. Foi iniciado então o arrombamento.

– Peço aos estranhos que se afastem! – disse o juiz, quando, depois de muitas batidas e rachaduras, a porta cedeu ao machado e ao formão. – Estou pedindo isso no interesse da investigação... Policial, não deixe ninguém entrar!

Tchúbikov, seu auxiliar e o comissário abriram a porta e, hesitantes, um atrás do outro, entraram no quarto. Seus olhos se depararam com a seguinte cena: junto à única janela havia uma grande cama de madeira com um enorme edredom recheado de plumas. Sobre o edredom embolado havia um cobertor amarfanhado. Um travesseiro com uma fronha de chita, também todo amassado, estava jogado no chão. Sobre a mesinha que estava defronte à cama havia um relógio de prata e uma moeda de vinte copeques, também de prata. Havia ali ainda fósforos de enxofre.[2] Além da cama, da mesinha e de uma cadeira, não havia mais nenhum móvel no quarto. O policial deu uma olhada embaixo da cama e viu umas duas dezenas de garrafas vazias, um chapéu de palha velho e uma garrafa de um quarto[3] de vodca. Debaixo da mesinha estava jogada uma bota coberta de poeira. Depois de dar uma olhada pelo aposento, o juiz de instrução ficou sério e vermelho.

– Canalhas! – balbuciou ele, fechando os punhos.

– Mas onde está Mark Ivânytch? – perguntou Diukóvski baixinho.

– Peço-lhe para não se intrometer! – disse em tom grosseiro o juiz Tchúbikov. – Tenha a bondade de examinar o chão! Este é o segundo caso desse tipo na minha carreira, Ievgráf Kuzmítch – disse ele em voz baixa, dirigindo-se ao comissário. – Em 1870 eu tive também um caso assim. O senhor deve se lembrar... O assassinato do comerciante Portrétov. Foi do mesmo jeito. Os canalhas mataram e retiraram o corpo pela janela...

Tchúbikov se aproximou da janela, afastou a cortina para um lado e, com cuidado, deu um piparote numa das bandas, que se abriu.

– Ela abre, significa que não estava trancada... Hum... Há marcas no peitoril. Estão vendo? Aqui há marcas de um joelho... Alguém subiu de lá para cá... Vai ser necessário um exame completo da janela.

– Não foi encontrado nada de especial no chão – disse Diukóvski. – Nem manchas, nem arranhões. Só achei um fósforo sueco queimado. Aqui está! Pelo que eu me lembre, Mark Ivânytch não fumava; na companhia de outras pessoas,

---

2. Na época em que foi escrito este conto, a maioria dos fósforos usados na Rússia era de enxofre, ou seja, aqueles que podem ser riscados em qualquer lugar. Ainda eram raros os fósforos de segurança, ou fósforos suecos, que só podem ser riscados na caixinha. (N.T.)

3. Quarto era uma medida russa para líquidos equivalente a três litros. (N.T.)

ele usava fósforos de enxofre, nunca fósforos suecos. Este fósforo pode ser uma pista...

– Ah, cale-se, por favor! – disse o juiz, fazendo um gesto de impaciência com a mão. – Lá vem ele com seu fósforo! Não suporto os afobados! Em vez de procurar fósforos, o senhor faria melhor se examinasse a cama!

Depois de examinar a cama, Diukóvski relatou:

– Não há manchas de sangue, nem de nenhuma outra espécie... Também não há rasgões recentes. Há marcas de dentes no travesseiro. No cobertor foi derramado um líquido com cheiro e gosto de cerveja... O aspecto geral da cama dá motivo para se pensar que sobre ela ocorreu uma luta.

– Não preciso do senhor para saber que houve luta! Não é sobre luta que lhe perguntam. Em vez de procurar luta, o senhor faria melhor se...

– Uma bota está aqui, mas a outra não apareceu.

– E daí, o que isso quer dizer?

– Quer dizer que ele foi asfixiado quando tirava as botas. Não teve tempo de tirar a segunda bota e...

– Começou a dizer besteira! E como o senhor sabe que ele foi asfixiado?

– No travesseiro há marcas de dentes. E o travesseiro está bastante amassado, e foi lançado a dois archins e meio[4] de distância da cama.

– Fala demais, tagarela! É melhor irmos para o jardim. O senhor faria melhor se examinasse o jardim, em vez de ficar fuçando aqui... Isso eu posso fazer sem o senhor.

No jardim, a investigação começou pelo exame da relva. Debaixo da janela o matinho estava amassado. Um pé de bardana bem junto à parede também estava amassado. Diukóvski conseguiu encontrar nele alguns galhinhos quebrados e um pedacinho de algodão. Nos carrapichos dos galhos superiores foram encontrados fios finos de lã azul-escura.

– De que cor era a última roupa que ele usou? – perguntou Diukóvski a Psékov.

– Amarela, de brim.

---

4. Aproximadamente 1,8 metro. (N.T.)

– Ótimo. Isso quer dizer que eles estavam de azul-escuro.

Alguns carrapichos foram cortados e envolvidos cuidadosamente em papel. Nesse meio-tempo, chegaram o comissário Artsybáchev-Svistakóvski e o médico Tiutiúiev. O comissário cumprimentou os presentes e imediatamente começou a satisfazer a própria curiosidade. Já o médico, um homem alto e muito magro, de olhos fundos, nariz comprido e queixo pontudo, não cumprimentou ninguém e, sem nada perguntar, sentou-se num toco, suspirou e disse:

– Os sérvios estão novamente ouriçados! O que eles querem? Não entendo. Ah, Áustria, Áustria! Está sempre com esses problemas!

O exame da janela pelo lado de fora não mostrou rigorosamente nada; já o exame da relva e dos arbustos próximos à janela revelou indícios muito úteis para a investigação. Por exemplo, Diukóvski conseguiu observar uma faixa comprida e escura na relva, composta de manchas, que ia da janela até o fundo do jardim, numa distância de algumas braças[5]. A faixa terminava numa moita de lilases, formando uma grande mancha marrom-escura. Debaixo da mesma moita foi encontrada uma bota, que se verificou ser par da outra, encontrada no quarto de dormir.

– Isto aqui é sangue antiquíssimo! – disse Diukóvski, examinando as manchas.

– Ao ouvir a palavra "sangue", o médico levantou-se e, com preguiça, deu uma espiadela nas manchas.

– É, é sangue – murmurou ele.

– Se há sangue, significa que não foi asfixiado! – disse Tchúbikov, olhando sarcástico para Diukóvski.

– Lá no quarto ele foi asfixiado, e aqui, com medo de que estivesse vivo e acordasse, eles o golpearam com algo pontiagudo. A mancha debaixo da moita demonstra que ele ficou deitado ali por um tempo relativamente longo, enquanto eles buscavam um jeito de levá-lo para fora do jardim.

– Bem, e a bota?

– Esta bota confirma ainda mais a minha ideia de que

5. A braça russa mede 2,134 metros. (N.T.)

ele foi morto quando se descalçava para dormir. Ele tirou uma das botas, mas a outra, ou seja, esta aqui, ele tirou só até a metade. A bota calçada pela metade, com os solavancos e a queda, caiu sozinha...

– Quanta imaginação, veja só! – disse Tchúbikov com um risinho. – E ele fala, fala! E quando o senhor vai parar de se intrometer com suas ideias? Em vez de imaginar coisas, o senhor deveria estar colhendo um pouco da relva com sangue.

Terminado o exame e feita uma planta do local, os investigadores dirigiram-se para a casa do administrador para redigir a ata e almoçar. Enquanto comiam, eles conversavam.

– O relógio, o dinheiro e tudo o mais... está tudo intacto – começou Tchúbikov. – Como dois e dois são quatro, afirmo que o crime não foi cometido por ambição.

– Foi cometido por um intelectual – intrometeu-se Diukóvski.

– Como você concluiu isso?

– Tenho a meu favor o fósforo sueco, cujo uso os camponeses daqui não conhecem. Apenas os proprietários de terra usam esses fósforos, e nem todos eles. E não foi uma pessoa só que matou, mas no mínimo três: dois seguraram e o terceiro o sufocou. Kliáuzov era forte, e os assassinos deviam saber disso.

– E para que serviria sua força se, suponhamos, ele estivesse dormindo?

– Os assassinos o surpreenderam quando ele estava tirando as botas. Se estava fazendo isso, significa que não estava dormindo.

– Não precisa inventar! Coma, é melhor!

– Na minha opinião, Excelência – disse o jardineiro Efrém, colocando o samovar sobre a mesa –, quem cometeu essa barbaridade só pode ter sido o Nikolachka.

– É bem possível – disse Psékov.

– E quem é esse Nikolachka?

– O camareiro do patrão, Excelência – respondeu Efrém. – Quem poderia ser, senão ele? É um bandido, Excelência! Beberrão e mulherengo! Nossa Senhora nos proteja!

Ele sempre levava vodca para o patrão, era ele que o punha na cama... Quem poderia ter sido, senão ele? Além disso – ouso fazer essa sugestão a Vossa Excelência –, uma vez ele estava se vangloriando, o velhaco, lá no botequim, de que ia matar o patrão. E tudo por causa da Akulka[6], por causa de uma camponesa... Ela é mulher de soldado[7] e tinha um caso com ele... O patrão gostou dela, fez com que ela frequentasse sua casa, então, como era de se esperar, ele ficou uma fera... Está agora deitado na cozinha, embriagado. Chora e mente que está com pena do patrão...

– De fato, por causa da Akulka se pode mesmo perder as estribeiras – disse Psékov. – É uma camponesa, mulher de soldado, mas... Não é à toa que Mark Ivânytch a chamava de Naná[8]. Ela tem algo atraente que lembra Naná...

– Já a vi... Conheço... – disse o juiz de instrução, assoando o nariz num lenço vermelho, corando e baixando os olhos.

O comissário tamborilou os dedos no pires. O comissário do município tossiu e começou a procurar algo na sua pasta. Somente no doutor, ao que parece, não causou nenhuma impressão a referência a Akulka e a Naná.

O juiz ordenou que trouxessem Nikolachka. Veio um varapau ainda jovem, com um nariz comprido e bexiguento, o peito côncavo, vestido com um casaco herdado do patrão. Entrou na casa de Psékov e fez uma reverência até o chão diante do juiz. Seu rosto estava sonolento e com vestígios de choro. Estava bêbado e mal se aguentava nas pernas.

– Onde está seu senhor? – perguntou Tchúbikov.

– Mataram, Excelência.

– Sabemos que o mataram. Mas onde está ele agora? Cadê o corpo dele?

---

6. Apelido pejorativo do nome Akulina. (N.T.)

7. O serviço militar na Rússia tsarista durava 25 anos, e os soldados passavam muitos anos sem voltar para casa. Durante esse tempo, suas esposas, geralmente jovens, viviam como viúvas de maridos vivos e muitas vezes passavam dificuldades materiais. (N.T.)

8. Trata-se da personagem-título do romance *Naná*, de Émile Zola, publicado em 1880. (N.T.)

– Estão dizendo que tiraram pela janela e enterraram no jardim.

– Hum... Já sabem do resultado da investigação até na cozinha... Isso é péssimo! Meu querido, onde você estava na noite em que mataram seu patrão? Ou seja, no sábado?

Nikolachka levantou a cabeça para o alto, esticou o pescoço e ficou pensando.

– Não posso saber, Excelência – disse ele. – Estava bêbado e não me lembro.

– *Alibi*[9]! – sussurrou Diukóvski rindo e esfregando as mãos.

– Está bem. Mas por que há sangue debaixo da janela do seu patrão?

Nikolachka levantou a cabeça e ficou pensando.

– Pense logo! – disse o comissário.

– Já vou dizer. Esse sangue é uma bobagem, Excelência. Eu cortei o pescoço de uma galinha. Matei do jeito mais simples, como sempre fiz, mas ela pegou e escapou das minhas mãos, ela pegou e correu... E daí o sangue.

Efrém confirmou que realmente Nikolachka mata galinhas todas as tardes, em diferentes lugares, mas ninguém nunca tinha visto uma galinha sair correndo pelo jardim com a cabeça não inteiramente cortada, o que, aliás, tampouco pode ser totalmente negado.

– *Alibi* – riu-se Diukóvski. – E que álibi mais idiota!

– Você teve um caso com Akulka?

– Cometi esse pecado.

– E o patrão tomou ela de você?

– De jeito nenhum. Quem tomou a Akulka de mim foi o senhor Psékov, Ivan Mikháilytch, e o patrão tomou ela dele. Foi assim.

Psékov ficou embaraçado e pôs-se a esfregar o olho esquerdo. Diukóvski fixou os olhos nele, percebeu o embaraço e estremeceu. Ele viu que o administrador estava usando uma calça azul, coisa que antes ele não havia notado. A

---

9. Álibi: no direito criminal, prova de que o acusado, no momento do crime, estava em outro lugar [em latim no original. (N.T.)]. (N.A.)

calça lhe lembrou os fios azuis encontrados no pé de bardana. Tchúbikov, por sua vez, olhou desconfiado para Psékov.

– Pode ir! – disse ele a Nikolachka. – Agora, permita-me fazer-lhe uma pergunta, senhor Psékov. Naturalmente o senhor estava aqui de sábado para domingo, não?

– Sim, às nove horas eu jantei com Mark Ivânytch.

– E depois?

Psékov ficou embaraçado e se levantou da mesa.

– Depois... depois... Confesso que não me lembro – murmurou ele. – Eu bebi muito naquela noite... Não me lembro onde dormi e a que horas... Por que estão me olhando dessa maneira? Como se eu o tivesse matado!

– Onde o senhor acordou?

– Acordei na cozinha dos empregados, em cima do fogão[10]... Todo mundo pode confirmar. Como fui parar em cima do fogão, não sei...

– Não fique preocupado... O senhor conhecia Akulina?

– Não há nada importante nisso...

– Ela o deixou por Kliáuzov?

– Deixou... Efrém, traga mais cogumelos! O senhor quer chá, Ievgráf Kuzmítch?

Iniciou-se um silêncio pesado, horrível, que durou uns cinco minutos. Diukóvski, calado, não tirava seus olhos fulminantes do rosto lívido de Psékov. Foi o juiz quem quebrou o silêncio.

– Será necessário – disse ele – ir à mansão e conversar com a irmã do morto, Mária Ivânovna, para ver se ela nos dá alguma pista.

Tchúbikov e seu assistente agradeceram o almoço e dirigiram-se à casa senhorial. Encontraram a irmã de Kliáuzov, Mária Ivânovna, uma solteirona de cerca de 45 anos, rezando diante do enorme painel de ícones da família. Ao ver, nas mãos dos visitantes, pastas e quepes com penachos, ela empalideceu.

– Antes de tudo, peço perdão por essa interrupção, por assim dizer, de suas orações – começou, com seus rapapés,

10. O tradicional fogão russo tem prateleiras largas no alto, onde as pessoas dormem, especialmente no inverno. (N.T.)

o galante Tchúbikov. – Viemos aqui fazer-lhe um pedido. A senhora, naturalmente, já soube... Desconfiamos que seu irmão pode ter sido morto. É a vontade divina, sabe... Ninguém pode escapar da morte, nem os tsares, nem os camponeses. A senhora não poderia nos ajudar com alguma informação, uma ideia...

– Ah, não me perguntem nada! – exclamou Mária Ivânovna, empalidecendo ainda mais e tapando o rosto com as mãos. – Não há nada que eu possa lhes dizer! Nada! Eu lhes imploro! Eu não sei de nada... O que eu poderia dizer? Ah, não, não... Não direi uma palavra sobre o meu irmão! Posso morrer, mas não digo!

Mária Ivânovna começou a chorar e foi para o quarto. Os investigadores se entreolharam, deram de ombros e se retiraram.

– Que mulher infernal! – xingou Diukóvski ao sair da mansão. – Pelo visto, sabe de alguma coisa e está escondendo. A criada também tem cara de quem sabe alguma coisa... Esperem só, demônios! Vamos descobrir tudo!

À noite, Tchúbikov e seu ajudante, iluminados pelo rosto pálido da lua, voltavam para suas casas; estavam sentados no charabã[11] e mentalmente tiravam suas conclusões sobre as ocorrências daquele dia. Estavam ambos exaustos e calados. Tchúbikov não gostava de conversar durante a viagem, e o tagarela do Diukóvski se calava para não aborrecer o velho. Porém, quando já estavam quase chegando, o ajudante não aguentou mais o silêncio e começou a falar.

– Que Nikolachka tem alguma coisa a ver com esse caso, *non dubitandum est*.[12] Só pela cara dele se vê que tipo de gente ele é... O álibi o desmascara totalmente. Não há dúvida, também, que nesse caso não foi ele quem tomou a iniciativa. Ele foi apenas um instrumento alugado e ingênuo. O senhor concorda? E nesse caso o modesto Psékov não representou um papel secundário. A calça azul, o embaraço,

11. Carroça com bancos transversais usada para o transporte de pessoas. (N.T.)

12. Não há dúvida. (N.A.)

o fato de ir dormir em cima do fogão, apavorado, depois de cometer o assassinato, o álibi e Akulka.

– Falou e disse... Quer dizer que, na sua opinião, o criminoso tem de ser alguém que conhecia Akulka? Ah, seu apressadinho! Devia estar chupando chupeta, e não investigando casos. O senhor também andou cortejando Akulka. Isso significa que o senhor também participou desse caso?

– Akulka ficou também um mês na sua casa como cozinheira, mas... não estou afirmando nada. Na noite antes do domingo eu estava jogando cartas com o senhor, portanto eu o vi. Se não fosse isso, iria desconfiar do senhor também. O importante, meu caro, não é a mulher. O importante é aquele sentimento asqueroso, nojentinho... Um jovem de posição modesta não gostou de não ter sido o vencedor. O amor-próprio, essa é a questão... Quis se vingar. Além disso... Os lábios grossos dele indicam fortemente sensualidade. O senhor se lembra de como ele fez uns estalidos com os lábios quando comparou Akulka a Naná? Que ele, canalha, está ardendo de paixão, é fora de dúvida! Então temos: amor-próprio ferido e paixão não correspondida. Isso já é suficiente para cometer um assassinato. Nós já temos dois suspeitos. Quem seria o terceiro? Nikolachka e Psékov seguraram. Quem o sufocou? Psékov, de maneira geral, é medroso, confuso, covarde. Já os Nikolachka, esses não sabem sufocar com travesseiros. Eles matam a machadadas ou pauladas... Quem sufocou foi um terceiro. Mas quem é ele?

Diukóvski enterrou o chapéu na cabeça e ficou pensando. Ele ficou calado até o charabã se aproximar da casa do juiz.

– Eureca! – disse ele, entrando na casa e tirando o paletó. – Eureca, Nikolai Ermoláitch! Só não sei por que isso não me veio à cabeça antes. O senhor sabe quem é o terceiro?

– Pare com isso, por favor! Olha lá, o jantar está pronto! Sente-se para comer!

O juiz e Diukóvski sentaram-se para jantar. Diukóvski encheu seu cálice com vodca, levantou-se, ficou ereto e, com olhos brilhantes, disse:

– Pois saiba o senhor que a terceira pessoa que atuou juntamente com o crápula do Psékov e que asfixiou a vítima era uma mulher! É isso mesmo! Estou falando da irmã do morto, Mária Ivânovna!

Tchúbikov engasgou-se com a vodca e olhou fixamente para Diukóvski.

– O senhor... não está... Sua cabeça... não está... não está doendo?

– Estou bem. Vá lá, admitamos que eu esteja louco, mas como o senhor explica o embaraço dela com a nossa chegada? Como o senhor explica sua má vontade em nos dar pistas? Admitamos que tudo isso sejam detalhes insignificantes – não faz mal! Mas lembre-se do relacionamento entre eles! Ela odiava o irmão! Ela é uma velha-crente[13], e ele era um devasso, um ateu... Eis a origem do ódio! Dizem que ele conseguiu convencer a irmã de que ele é um anjo de satanás. Ele praticava espiritismo na presença dela!

– E daí? O que tem isso?

– O senhor não compreende? Ela, uma velha-crente, o matou por fanatismo! Ela não só destruiu o joio, o libertino; ela livrou o mundo do anticristo – e nisso ela vê seu mérito, sua façanha religiosa! Oh, o senhor não conhece essas velhas-crentes solteironas! Pois leia Dostoiévski! E o que escreveram Leskov, Petchêrski! Afirmo que foi ela, ainda que me matem! Foi ela que o sufocou. Oh, aquela mulher é uma víbora! Por acaso não foi de propósito que ela estava parada diante dos ícones, quando nós chegamos, para nos enganar? "Deixe eu ficar aqui parada, rezando, para eles acharem que estou tranquila e que não estava à espera deles!", é o que ela devia estar pensando. Esse é o método de todos os criminosos principiantes. Ah, caríssimo Nikolai Ermoláitch! Meu prezado amigo! Me dê esse caso! Deixe que eu o leve até o fim! Meu querido amigo! Eu já comecei e o levarei até o fim!

Tchúbikov balançou a cabeça e franziu o cenho.

---

13. Os velhos-crentes são cristãos ortodoxos que não aceitaram as reformas modernizantes do patriarca Nikon, de 1667, na igreja oficial da Rússia, e continuaram com os ritos antigos e costumes rígidos. (N.T.)

– Nós mesmos podemos deslindar casos difíceis – disse ele. – E o senhor não tem de se meter onde não é chamado. Sua obrigação é apenas escrever o que lhe ditam!

Diukóvski ficou vermelho, bateu a porta e saiu.

– Esse danado é inteligente! – murmurou Tchúbikov, vendo-o sair. – Muito inteligente! Mas é muito afoito e inoportuno. Preciso comprar uma cigarreira de presente para ele na feira...

No dia seguinte, foi levado à presença do juiz, vindo da aldeia Kliáuzovka, um rapaz jovem com uma cabeça grande e lábio leporino, que disseram ser o pastor Danilka, o qual deu informações muito importantes.

– Eu tinha bebido muito – disse ele. – Fiquei na casa de minha comadre até meia-noite. Quando ia para casa, de tão bêbado entrei no rio para me banhar. Estava lá na água e... veja só! Lá iam dois sujeitos pela barragem, carregando uma coisa preta. "Ei!", gritei para eles. Mas se assustaram e dispararam a correr para os lados da horta de Makar. Que Deus me castigue se não era o patrão que eles estavam carregando!

Naquela mesma tarde, Psékov e Nikolachka foram presos e levados sob escolta para a sede do município, onde ficaram trancados na cadeia.

II

Doze dias se passaram.

Era de manhã. O juiz Nikolai Ermoláitch estava no seu gabinete, sentado atrás da escrivaninha verde, e folheava o processo do "caso Kliáuzov"; Diukóvski, inquieto como um lobo na jaula, caminhava de um lado para o outro.

– O senhor está convicto da culpa de Nikolachka e Psékov – disse ele, cofiando nervosamente sua barbicha de jovem. – Por que não quer se convencer da culpa de Mária Ivânovna? Será porque existem poucas provas, na sua opinião?

– Não digo que não estou convencido. Estou convencido, mas, por alguma razão, não consigo acreditar... Provas verdadeiras não há, apenas uma espécie de filosofia... Fanatismo, e isso e aquilo...

– E para o senhor é indispensável que haja um machado e lençóis cheios de sangue! Juristas! Mas vou lhe provar! Comigo o senhor vai parar de tratar com tanto pouco-caso o lado psicológico da questão. Sua Mária Ivânovna ainda irá para a Sibéria! Eu vou provar! Se filosofia é pouco para o senhor, eu tenho algo mais concreto... Isso vai provar para o senhor que minha filosofia está correta! Apenas permita-me fazer uma viagem.

– Do que o senhor está falando?

– Estou falando do fósforo sueco... Esqueceu? Mas eu não esqueci. Vou descobrir quem acendeu aquele fósforo no quarto do morto! Quem acendeu não foi nem Nikolachka, nem Psékov, pois na investigação verificou-se que não possuíam fósforos, e sim a terceira pessoa, ou seja, Mária Ivânovna. E isso eu vou provar! Apenas me deixe viajar pela circunscrição, fazer umas perguntinhas...

– Bem, mas sente-se... Vamos fazer o interrogatório.

Diukóvski sentou-se atrás de sua mesinha e enfiou o nariz comprido nos papéis.

– Tragam Nikolai Tetékhov! – gritou o juiz.

Trouxeram Nikolachka, que estava pálido, magro como um graveto e tremendo.

– Tetékhov! – começou Tchúbikov. – Em 1879 o senhor foi julgado no Tribunal da Primeira Seção por roubo e foi condenado à pena de prisão. Em 1882 o senhor foi novamente julgado por roubo e novamente foi parar na cadeia... Nós sabemos de tudo...

O rosto de Nikolachka expressou surpresa. Ele ficou espantado com a onisciência do juiz. Mas pouco depois a surpresa foi substituída por uma expressão de profundo desespero. Ele começou a soluçar e pediu licença para se lavar e se acalmar. Foi conduzido para fora.

– Tragam Psékov! – ordenou o juiz.

Trouxeram Psékov. Nos últimos dias, o jovem tinha mudado muito de aparência. Estava magro, pálido e abatido. Seus olhos expressavam apatia.

– Sente-se, Psékov – disse Tchúbikov. – Espero que desta vez o senhor seja mais ajuizado e não fique mentindo, como fez antes. Em todas as outras vezes o senhor negou sua participação no assassinato de Kliáuzov, apesar da fartura de provas contra o senhor. Isso não é sensato. A confissão atenua a culpa. Estou conversando com o senhor hoje pela última vez. Se não confessar hoje, amanhã será tarde demais. Então, conte para nós...

– Não sei de nada... E... as provas dos senhores... eu não conheço – murmurou Psékov.

– Isso não vai ajudá-lo! Bem, então permita-me contar-lhe como foi que aconteceu. No sábado à noite o senhor estava sentado no quarto de Kliáuzov, bebendo com ele vodca e cerveja. – Diukóvski fincou seu olhar no rosto de Psékov e não o retirou durante todo o monólogo. – Quem estava servindo vocês era Nikolai. À uma hora Mark Ivânytch informou-lhes sobre o seu desejo de se deitar para dormir. Ele sempre se deitava nesse horário. Quando ele estava tirando as botas e lhe dando instruções de trabalho, o senhor e Nikolai, a um sinal dado, agarraram o patrão embriagado e o jogaram sobre a cama. Um de vocês sentou-se sobre suas pernas, e o outro, sobre a cabeça. Nesse meio-tempo, da varanda veio uma mulher conhecida de vocês, de vestido preto, que já havia combinado com vocês relativamente à participação dela nesse ato criminoso. Ela pegou o travesseiro e começou a asfixiar a vítima com ele. Durante a luta, a vela havia se apagado. A mulher tirou do bolso uma caixa de fósforos suecos e acendeu a vela. Não foi isso? Pelo seu rosto, eu vejo que falei a verdade. Mas vamos adiante... Depois de asfixiá-lo, e verificando que ele não estava respirando, o senhor e Nikolai o tiraram através da janela, colocando-o perto do pé de bardana. Com receio de que ele voltasse a si, vocês o golpearam com um objeto pontiagudo. Depois vocês o carregaram e o colocaram durante algum tempo debaixo da moita de lilases. Ficaram descansando e pensando um pouco, depois o levaram embora... Passaram o corpo através da cerca viva... Então foram caminhando pela estrada... Mais adiante fica a barragem. Perto da barragem um camponês assustou vocês. Mas, o que há com o senhor?

Psékov, pálido como um lençol, levantou-se e cambaleou.

– Estou sem ar! – disse ele. – Está bem... que seja... apenas deixe-me sair... por favor.

Levaram Psékov.

– Finalmente confessou! – disse Tchúbikov, espreguiçando-se com prazer. – Ele deixou cair a máscara! Mas eu o peguei de jeito! Acabou se entregando...

– E não negou que havia a mulher de preto! – disse Diukóvski com uma risada. – Mas, apesar de tudo, o fósforo sueco está me torturando terrivelmente! Não aguento mais! Até logo! Estou indo.

Diukóvski colocou seu quepe e partiu. Tchúbikov começou a interrogar Akulka. Ela declarou que não sabia de nada...

– Eu morei só com o senhor, com mais ninguém! – disse ela.

Às seis da tarde Diukóvski retornou. Estava agitado como nunca. Suas mãos tremiam tanto que ele não conseguia desabotoar o paletó. Suas faces ardiam. Era visível que ele não voltara de mãos vazias.

– *Veni, vidi, vici*![14] – disse ele, entrando como um bólido na sala de Tchúbikov e desabando numa poltrona. – Juro por Deus, estou começando a acreditar na minha genialidade. Ouça! Que o diabo nos carregue! Ouça e pasme, meu velho! É engraçado e triste ao mesmo tempo! O senhor já tem três nas mãos, não é? Eu achei um quarto, ou melhor, uma quarta, pois trata-se de uma mulher! E que mulher! Eu daria dez anos de minha vida apenas para tocar no ombro dela! Mas ouça... Fui para a aldeia Kliáuzovka e comecei a traçar uma espiral em torno dela. Visitei todas as vendinhas, botequinhos, taverninhas, perguntando se eles tinham fósforos suecos. Em toda parte me diziam "Não". Continuei a andar. Perdi as esperanças vinte vezes e vinte vezes as recuperei. Perambulei o dia inteiro, e somente uma hora atrás me aproximei da minha incógnita. A três verstas daqui. Deram-me um pacote de dez caixas de fósforos suecos. Mas faltava

14. Vim, vi, venci (N.A.)

uma caixa... Pergunto: "Quem comprou essa caixa?". "Foi uma mulher assim, assim... Ela gostou deles porque eles estalam." Então, meu caro Nikolai Ermoláitch! O que pode às vezes fazer um homem que foi expulso do seminário e que se nutriu com a leitura de Gaboriau[15], está acima da compreensão! A partir de hoje começo a me respeitar! Ufa! Mas, vamos embora!

– Para onde?

– Para a casa dessa mulher, a quarta... Precisamos nos apressar, senão... senão eu morro de impaciência! O senhor sabe quem é ela? Não adivinha? A esposa jovenzinha do nosso policial, do velho Ievgráf Kuzmítch, Olga Petróvna – veja só quem! Foi ela que comprou aquela caixa de fósforos!

– O senhor... você... o senhor... ficou louco?

– Mas é muito compreensível! Em primeiro lugar, ela fuma. Em segundo, ela era apaixonada pelo Kliáuzov até a raiz dos cabelos. Ele desprezou seu amor por uma Akulka qualquer. Vingança. Eu me lembro agora de que certa vez eu os flagrei na cozinha, atrás do biombo. Ela lhe fazia juramentos, enquanto ele fumava o cigarro da moça e soprava fumaça no rosto dela. Mas, vamos! Mais rápido, senão vai escurecer... Vamos logo!

– Eu ainda não estou tão louco para, por causa de um moleque qualquer, ir à noite perturbar uma mulher distinta e honesta!

– Distinta, honesta... Depois disso, o senhor é um trapo, e não um juiz de instrução! Nunca ousei xingá-lo, mas agora o senhor me obriga! Trapo! Molambo! E então? Meu querido Nikolai Ermoláitch, eu lhe imploro!

O juiz fez um gesto de pouco-caso com a mão e cuspiu.

– Eu lhe peço! Não estou pedindo para mim, mas no interesse da justiça! Eu lhe suplico, afinal! Faça-me um favor pelo menos uma vez na vida!

Diukóvski ficou de joelhos.

– Nikolai Ermoláitch! Faça-me esse grande favor! Pode

15. Émile Gaboriau (1835-1873), escritor francês, considerado o pai dos romances policiais, escreveu *O caso Lerouge*, *Monsieur Lecoc*, *A corda no pescoço* e outros romances. (N.T.)

me chamar de canalha, de patife, se eu estiver errado quanto a essa mulher! Mas veja a importância desse caso! É um caso único! É um romance, e não um caso! Sua fama correrá por toda a Rússia! O senhor será promovido a juiz de instrução para casos excepcionalmente importantes! Entenda isso, velho insensato!

O juiz fechou a cara e estendeu indeciso a mão para o chapéu.

– Está bem, com os diabos! – disse ele. – Vamos.

Já era tarde quando o charabã do juiz aproximou-se da porta do policial.

– O senhor é um porco! – disse Tchúbikov, pegando na campainha. – Vamos perturbar os outros.

– Não faz mal, não faz mal... Não tenha medo... Vamos dizer que uma de nossas molas se quebrou.

Tchúbikov e Diukóvski foram recebidos na porta por uma mulher alta, cheia de corpo, de uns 23 anos, de sobrancelhas negras como breu e lábios grossos e vermelhos. Era a própria Olga Petróvna.

– Ah... Que prazer! – disse ela, com o rosto todo sorridente. – Os senhores chegaram bem na hora do jantar. Meu Ievgráf Kuzmítch não está... Ficou conversando com o pope... Mas podemos passar sem ele... Sentem-se! Estão vindo da investigação?

– É... Uma mola, sabe, arrebentou – começou Tchúbikov, entrando na sala de visitas e sentando-se numa poltrona.

– Pegue ela de surpresa... de uma vez! – cochichou-lhe Diukóvski. – Pegue ela de surpresa!

– Mola... Hum... Sim... Nós então demos uma passadinha.

– Pegue ela de surpresa, estou lhe dizendo! Se ficar com essa lenga-lenga ela vai desconfiar!

– Então faça você mesmo, já que sabe como deve ser, e me poupe! – murmurou Tchúbikov, levantando-se e indo para a janela. – Não consigo! Você armou a confusão, agora resolva!

– É, a mola... – começou Diukóvski, aproximando-se da mulher do policial e franzindo seu comprido nariz. – Nós viemos não foi para... é... jantar, e nem para ver Ievgráf Kuzmítch. Nós viemos para lhe perguntar, cara senhora, onde está Mark Ivânovitch, o homem que a senhora matou?

– O quê? Que Mark Ivânytch? – balbuciou a mulher do policial, e seu rosto grande se cobriu instantaneamente de uma cor vermelha. – Eu... não estou entendendo.

– Estou lhe perguntando em nome da lei! Onde está Kliáuzov? Nós sabemos de tudo!

– Através de quem? – perguntou baixinho a mulher do policial, não suportando mais o olhar de Diukóvski.

– Tenha a bondade de nos mostrar onde ele está.

– Mas como os senhores souberam? Quem contou?

– Nós estamos sabendo de tudo, senhora! Exijo uma resposta, em nome da lei!

O juiz, animado pelo embaraço demonstrado pela mulher do policial, aproximou-se dela e disse:

– Mostre-nos onde ele está e iremos embora. Senão, nós...

– Para que vocês precisam dele?

– Que perguntas são essas, minha senhora? Estamos pedindo que nos mostre! A senhora está tremendo, está perturbada... Está bem, ele está morto, e, se deseja saber, morto pela senhora! Seus cúmplices entregaram a senhora!

A mulher do policial empalideceu.

– Venham – sussurrou ela, torcendo as mãos. – Ele está escondido na minha casa de banhos. Mas, pelo amor de Deus, não contem ao meu marido! Imploro aos senhores! Ele não vai suportar.

A mulher do policial tirou uma grande chave da parede e conduziu os visitantes através da cozinha e da entrada dos fundos, saindo para o quintal. Estava escuro. Caía uma chuvinha fina. A mulher ia na frente. Diukóvski e Tchúbikov caminhavam atrás dela pelo mato alto, aspirando o cheiro de cânhamo selvagem e da água suja que borbulhava sob seus pés. O quintal era grande. A um certo ponto, não havia mais água suja, e os pés sentiram que estavam pisando em terra arada. Na penumbra surgiram silhuetas de árvores e, entre elas, uma casinha pequena com uma chaminé torta.

– Esta é a casa de banhos – disse a mulher do policial. – Mas, eu lhes imploro, não contem a ninguém!

Tchúbikov e Diukóvski aproximaram-se da casinha e viram na porta um imenso cadeado.

– Prepare o toco de vela e os fósforos! – sussurrou o juiz ao ajudante.

A mulher abriu o cadeado e deixou os visitantes entrarem. Diukóvski acendeu um fósforo e iluminou a antessala. No meio do cômodo havia uma mesa. Sobre ela, ao lado de um samovar pequeno e gorducho, estavam uma sopeira com sopa fria e um prato com restos de molho.

– Vamos prosseguir!

Entraram no segundo cômodo, que era a sauna. Lá também havia uma mesa. Sobre ela, um grande prato com pernil assado, uma garrafa com vodca, pratos, facas, garfos.

– Mas onde está... ele? Onde está o morto? – perguntou o juiz.

– Ele está na prateleira de cima! – cochichou a mulher do policial, ainda pálida e tremendo.

Diukóvski pegou a vela e subiu na prateleira superior. Lá ele viu um corpo humano comprido, deitado imóvel sobre um edredom de plumas. O corpo emitia um leve ronco...

– Está nos enganando, com os diabos! – gritou Diukóvski. – Este aqui não é ele! Quem está deitado aqui é algum idiota vivo. Ei, quem é você, com os diabos!

O corpo aspirou ar com um assobio e se mexeu. Diukóvski tocou nele com o cotovelo. O corpo levantou os braços, espreguiçou-se e levantou a cabeça.

– Quem é que está subindo? – perguntou uma voz de baixo rouca e pesada. – Quê que você quer?

Diukóvski aproximou a vela do rosto do desconhecido e deu um grito. Naquele nariz vermelho, nos cabelos despenteados e eriçados, nos bigodes negros como azeviche, um dos quais estava atrevidamente torcido e apontando para o teto, ele reconheceu o alferes de cavalaria Kliáuzov.

– O senhor... é Mark Ivânytch?! Não pode ser!

O juiz olhou para cima e ficou paralisado...

– Sou eu, sim... Mas é o senhor, Diukóvski! Que diabos o senhor veio fazer aqui? E lá embaixo, de quem é aquela cara? Meu Deus, é o juiz! Que ventos os trazem?

Kliáuzov desceu correndo e abraçou Tchúbikov. Olga Petróvna esgueirou-se pela porta.

– Mas como chegaram até aqui? Vamos beber, com os diabos! Tra-ta-ti-to-tom... Vamos brindar! Mas quem foi mesmo que trouxe vocês até aqui? Como foi que souberam que eu estava aqui? Aliás, tanto faz! Bebamos!

Kliáuzov acendeu um lampião e encheu três cálices com vodca.

– Quer dizer... eu não estou entendendo – disse o juiz, abrindo os braços. – É você mesmo ou não?

– Ah, pare... Vai me pregar sermão? Não perca seu tempo! Jovem Diukóvski, beba sua vodca! Amigos, vamos enganar aquela... O que estão olhando? Bebam!

– Eu ainda não consegui entender – disse o juiz, bebendo mecanicamente sua vodca – por que você está aqui.

– Por que não posso ficar aqui, se me sinto bem?

Kliáuzov bebeu e comeu um pedaço de pernil.

– Estou morando na casa da mulher do policial, como os senhores estão vendo. No fim do mundo, no meio do mato, como um duende. Beba! Eu fiquei com pena dela e agora estou vivendo aqui, nesta casa de banho abandonada, como um eremita... Estou me alimentando. Na semana que vem penso em me mandar daqui... Já estou cheio...

– Não dá para entender! – disse Diukóvski.

– O que não dá para entender?

– Não dá! Por Deus, como foi que sua bota foi parar no jardim?

– Que bota?

– Nós encontramos uma bota sua no quarto e outra no jardim.

– E para que vocês querem saber isso? Vocês não têm nada com isso... Mas bebam, com os diabos. Já que me acordaram, agora bebam! É uma história interessante, a dessa bota, meu irmão. Eu não queria me mudar para a casa de Ólia[16].

16. Apelido do nome Olga. (N.T.)

Estava de mau humor, sabe, de ressaca... Ela vem até a minha janela e começa a xingar... Sabem como são as mulheres... de maneira geral... Eu estava de porre, peguei e atirei a bota nela... Há-há! "Pare de xingar", eu disse. Ela entrou pela janela, acendeu o lampião e começou a me sacudir, bêbado. Me bateu, me arrastou para cá e me trancou. Estou me alimentando, agora... Amor, vodca e comidinhas! Mas, aonde vocês vão? Tchúbikov, aonde vai?

O juiz deu uma cuspidela e saiu da casinha. Atrás dele, de cabeça baixa, saiu Diukóvski. Calados, subiram no charabã e foram embora. Nunca a estrada lhes pareceu tão comprida e maçante como dessa vez. Ambos foram calados. Tchúbikov tremeu de raiva durante todo o caminho. Diukóvski escondia o rosto na gola, como se tivesse medo de que a escuridão e a chuvinha miúda percebessem a vergonha estampada na sua face.

Ao chegar em casa, o juiz encontrou lá o doutor Tiutiúiev. O médico estava sentado à mesa e folheava a *Niva*[17], suspirando profundamente.

– Vejam como andam as coisas neste mundo! – disse ele, recebendo com um sorriso triste o juiz. – Novamente a Áustria! E Gladstone[18] também, de certa forma...

Tchúbikov atirou com força o chapéu no chão e tremeu todo.

– Esqueleto dos infernos! Não me amole! Já lhe disse mil vezes que não venha me chatear com a sua política! Não tenho cabeça para política agora! E você – disse ele, dirigindo-se com os punhos cerrados a Diukóvski –, você... não vou esquecer pelo resto da minha vida!

– Mas... foi o fósforo sueco! Como eu podia saber?

– Enforque-se com seu fósforo! Vá embora e não me irrite, senão não sei, diabo, o que farei com você! Suma daqui!

---

17. Revista publicada em S. Petersburgo de 1870 a 1918. Era dedicada à literatura, à política e à vida contemporânea. (N.T.)

18. William Gladstone (1809-1898), político inglês, foi quatro vezes primeiro-ministro da Grã-Bretanha. (N.T.)

Diukóvski deu um suspiro, pegou seu chapéu e saiu.

– Vou encher a cara! – decidiu ele, saindo pelo portão e caminhando tristemente em direção à taverna.

Quando a mulher do policial chegou em casa, vindo da casa de banho, encontrou o marido na sala de visitas.

– Por que o juiz veio aqui? – perguntou ele.

– Veio dizer que encontraram Kliáuzov. Imagine só, encontraram ele na casa da mulher de outro.

– Eta, Mark Ivânytch, Mark Ivânytch! – suspirou o policial, erguendo os olhos para o teto. – Eu já lhe disse que a libertinagem não leva a nada de bom! Eu já lhe disse, você não ouviu!

5 de dezembro de 1883

75 MIL

Certa vez, lá pela meia-noite, dois amigos caminhavam pelo bulevar Tverskói. Um era moreno, alto e bonito, vestido com um casaco de pele de urso já bastante gasto, e o outro era um homem pequeno e ruivo, de paletó cor de cenoura com botões brancos de osso. Os dois iam calados. O moreno assobiava baixinho uma mazurca; o ruivo olhava para os pés com ar sombrio e a todo momento cuspia para um lado.

– Que tal sentarmos? – sugeriu finalmente o moreno, quando os dois amigos avistaram a silhueta escura de Púchkin[1] e a luzinha sobre os portões do Mosteiro da Paixão.

O ruivo concordou calado, e os dois se sentaram.

– Tenho um pequeno pedido a lhe fazer, Nikolai Boríssytch – disse o moreno após algum silêncio. – Você não poderia, meu amigo, me emprestar uns dez ou quinze rublos? Na semana que vem eu lhe pago...

O ruivo ficou calado.

– Eu não o incomodaria se não precisasse. A sorte fez uma brincadeira cruel comigo... Hoje de manhã minha mulher me pediu para empenhar uma pulseira... Ela precisava de dinheiro para pagar o ginásio de sua irmãzinha... E, sabe, eu empenhei, e então... você estava lá e viu... hoje perdi o dinheiro por descuido, no baralho...

O ruivo se mexeu e pigarreou.

– Que sujeito leviano você é, Vassíli Ivânytch! – disse ele, retorcendo a boca num sorriso mau. – Que sujeito leviano! Que direito você tinha de se sentar com aquelas senhoras e jogar um jogo de azar, se sabia que o dinheiro não era seu, era de outra pessoa? Vamos, diga, você não é um sujeito fútil, um ostentador? Espere, não me interrompa... Deixe-me dizer tudo, de uma vez por todas... Por que está sempre comprando roupas novas? E esse alfinete na gravata? Você,

1. Estátua de Púchkin que se encontra numa praça que faz esquina com a rua Tverskáia (Rua Górki, no período soviético). (N.T.)

um miserável, precisa andar na moda? Para que essa cartola idiota? Você, que vive às custas de sua mulher, paga quinze rublos por uma cartola, quando poderia perfeitamente usar um gorro de três rublos, sem nenhum prejuízo para a moda ou a estética! Por que você vive se gabando de se relacionar com pessoas que não existem? "Conheço Khokhlov, Plevako e todos os editores!"[2] Hoje, quando você contava mentiras sobre seus conhecidos, meus olhos e minhas orelhas estavam queimando por você! Você mente e fica vermelho! E quando joga com aquelas senhoras e perde o dinheiro de sua mulher, você sorri de um jeito tão vulgar e bobo que nem vale a pena te esbofetear!

– Ah, pare, pare... Você hoje está de mau humor...

– Veja bem, vá lá que esse exibicionismo seja infantilidade, coisa de criança de escola... Posso aceitar isso, Vassíli Ivânytch... Você ainda é jovem... Mas não consigo aceitar, não entendo uma coisa... Quando estava jogando com aquelas bonecas, como você pôde trapacear? Eu vi. Quando estava dando as cartas, você tirou de baixo, para si mesmo, um ás de espadas!

Vassíli Ivânytch corou como um colegial e começou a se justificar. O ruivo insistia na sua opinião. Discutiram em voz alta durante muito tempo. Finalmente, eles foram se calando e ficaram pensativos.

– É verdade, eu estou muito enrascado – disse o moreno, depois de longo silêncio. – É verdade... Eu gastei demais, fiquei cheio de dívidas, esbanjei o que não era meu, e agora não sei como me desenrascar. Você conhece aquela sensação horrível de quando está com coceira no corpo todo e não há nada que faça passar essa coceira? O que estou sentindo agora é parecido com isso... Afundei num pântano até as orelhas... Estou com vergonha diante dos outros e de mim mesmo... Faço um monte de besteiras e de baixarias pelas motivações mais bobas, mas ao mesmo tempo não consigo parar... É nojento! Se eu recebesse uma herança ou ganhasse no jogo, acho que largaria tudo no mundo e nasceria de

---

2. Pável A. Khokhlov foi um famoso cantor lírico, e Fiódor N. Plevako foi um advogado, conhecido por sua oratória. (N.T.)

novo... E você, Nikolai Boríssytch, não fique me condenando... Não atire pedras em mim... Lembre-se do Nekliújev, de Palm...[3]

– Eu me lembro do seu Nekliújev – disse o ruivo. – Eu me lembro... Devorou o dinheiro alheio, empanturrou-se e depois do almoço teve vontade de relaxar e passar momentos agradáveis: caiu no choro diante de uma garota. Acho que ele não tinha chorado antes do almoço. É uma vergonha os escritores idealizarem uns pulhas desse tipo! Se esse Nekliújev não tivesse uma boa aparência e maneiras galantes, a filha do comerciante não teria se apaixonado por ele e não haveria arrependimento... Em geral a sorte dá aos canalhas uma bela figura... Vocês são todos cupidos. São amados, as mulheres se apaixonam por vocês... E têm uma sorte terrível com elas!

O ruivo se levantou e ficou caminhando perto do banco.

– Sua mulher, por exemplo... É honesta, generosa... Por que ela foi se apaixonar por você? Por quê? E hoje mesmo, enquanto você mentia e se exibia, uma loura bonitinha não tirava os olhos de você... Vocês, os Nekliújev, são amados, pessoas se sacrificam por vocês. Já nós, trabalhamos a vida inteira, nos debatemos como peixe no gelo... somos honestos como a própria honestidade e não temos nem ao menos um minuto de felicidade! Além disso... Você se lembra? Eu era noivo de sua mulher, Olga Alekseievna, quando ela ainda não te conhecia; eu era um pouquinho feliz, mas aí surgiu você e... eu perdi...

– Ci-ú-me! – riu-se o moreno! – E eu que não sabia que você era tão ciumento!

No rosto de Nikolai Boríssytch perpassou um sentimento de desgosto e repulsa... Mecanicamente, sem ter consciência disso, ele estendeu a mão para a frente e... sacudiu-a. O som de uma bofetada destruiu o silêncio da noite... A cartola voou da cabeça do moreno e rolou pela neve pisada. Tudo isso se passou em um segundo, de forma inesperada, e o resultado foi tolo e absurdo. O ruivo imediatamente ficou

3. Aleksandr Ivânovitch Palm (1822-1885), escritor russo. Escreveu a comédia *Nosso amigo Nekliújev* (1879). (N.T.)

envergonhado de sua bofetada. Ele enfiou o rosto na gola desbotada de seu paletó e foi caminhando pelo bulevar. Chegando à estátua de Púchkin, ele deu uma olhada no moreno, ficou um minuto imóvel e, como se tivesse se assustado com alguma coisa, correu para a Rua Tverskáia.

Vassíli Ivânovitch ficou muito tempo sentado, imóvel. Uma mulher passou perto dele e, rindo, entregou-lhe sua cartola. Ele agradeceu num gesto mecânico, levantou e foi embora.

"Agora vai começar a buzinação!", pensava ele meia hora depois, subindo a longa escada para o seu apartamento. "Minha mulher vai me xingar pela perda do dinheiro no jogo! Vai pregar sermão a noite inteira! Que o diabo a carregue! Vou dizer que perdi o dinheiro..."

– Parabéns! – disse-lhe a cozinheira, com o rosto todo sorridente.

– Por que isso?

– O senhor vai saber! Deus teve misericórdia!

Vassíli Ivânovitch deu de ombros e entrou no quarto de dormir. Lá, sentada à escrivaninha, estava sua esposa Olga Alekséievna, uma lourinha pequena, com papelotes nos cabelos. Ela estava escrevendo. À sua frente havia algumas cartas já prontas e seladas. Ao ver o marido, ela deu um salto e se atirou no pescoço dele.

– Você chegou? – ela disse. – Que felicidade! Você não pode imaginar que felicidade! Eu fiquei histérica, Vássia, por esse fato inesperado... Olhe, leia!

E, num salto, ela apanhou um jornal na mesa e trouxe para o marido.

– Leia! Meu bilhete ganhou 75 mil! Eu tenho um bilhete! Juro que tenho! Eu escondi de você porque... porque... você poderia empenhar. NikolaiBoríssytch, quando era meu noivo, me deu de presente esse bilhete, e depois não quis tomá-lo de volta. Que homem bom, o Nikolai Boríssytch! Agora estamos riquíssimos! Você agora vai se endireitar, não vai mais levar essa vida desregrada, pois você farreava e me enganava por causa da necessidade, da pobreza. Eu entendo isso. Você é inteligente, honesto...

Olga Aleksêievna pôs-se a andar pelo quarto, rindo.

– Foi uma surpresa! Eu estava aqui, caminhando prá lá e pra cá, xingando você pela libertinagem, estava com ódio de você, e depois, aborrecida, sentei para ler o jornal... E de repente vejo!... Escrevi para todo mundo... para minhas irmãs e minha mãe... Para que elas também fiquem felizes, coitadinhas! Mas aonde você vai?

Vassíli Ivânovitch deu uma olhada no jornal. Atônito, pálido, sem escutar o que a esposa dizia, ele ficou algum tempo de pé, calado, arquitetando alguma coisa, depois colocou sua cartola e saiu de casa.

– Para a Bolchaia Dmítrovka, número... – gritou ele ao cocheiro.

Na pensão ele não encontrou a pessoa que procurava. O quarto, que lhe era familiar, estava trancado.

"Ela, na certa, estava no teatro", pensou ele, "e do teatro deve ter ido jantar... Vou esperar um pouco..."

E ficou esperando... Passou meia hora, passou uma hora... Ele caminhou pelo corredor e conversou um pouco com um criado sonolento... Embaixo, em algum dos quartos, um relógio bateu três horas... Finalmente, já sem paciência, começou a descer a escada para sair... Mas o destino teve pena dele.

Quando chegou à porta da entrada, ele deu de cara com uma morena alta e magricela, enrolada num longo boá. Atrás dela ia um senhor de óculos azuis e gorro de pele de cordeiro.

– Desculpe – dirigiu-se Vassíli Ivânovitch à dama. – Posso incomodá-la um instante?

A dama e o homem franziram o cenho.

– Já volto – disse a dama ao senhor, e seguiu Vassíli Ivânovitch até o bico de gás. – O que você quer?

– Vim ver você... ver a senhora, Nadine, por causa de um assunto – começou ele gaguejando. – É pena que você esteja com esse senhor, senão eu lhe contaria tudo...

– De que se trata? Estou sem tempo!

– Arranjou novos admiradores e agora não tem tempo! Muito boa, você é! Por que foi mesmo que me expulsou de sua casa na véspera de Natal? Não quis morar comigo porque... porque eu não lhe dava dinheiro suficiente para viver... Pois você não tinha razão... É isso mesmo... Lembra daquele bilhete que lhe dei de presente no seu aniversário? Veja aqui, leia! Ele foi premiado com 75 mil!

A dama pegou o jornal e com um olhar cobiçoso, meio assustado, pôs-se a procurar o telegrama de Petersburgo... E encontrou...

Nesse mesmo tempo, outros olhos, vermelhos de chorar, embotados pela dor, procuravam o bilhete dentro do estojo... Procuraram a noite toda e não encontraram. O bilhete tinha sido roubado, e Olga Alekséievna sabia quem o roubara.

Nessa mesma noite, o ruivo Nikolai Boríssytch rolava de um lado para o outro na cama, tentando dormir, mas ficou acordado até o amanhecer. Ele sentia vergonha por ter dado aquela bofetada.

13 de janeiro de 1884

O ÁLBUM

O conselheiro titular Kráterov, magro e fino como a agulha do Almirantado[1], deu um passo à frente e disse, dirigindo-se a Jmíkhov[2]:

– Excelência! Emocionados de todo o nosso coração e comovidos por sua chefia durante tantos anos, e por seus cuidados de pai para conosco...

– Durante mais de dez anos – soprou Zakússin.

– Durante mais de dez anos, nós, seus subordinados, neste dia memorável para nós, oferecemos a Vossa Excelência, como prova de nosso respeito e profunda gratidão, este álbum com nossos retratos, e desejamos que, no decorrer de sua meritória vida, Vossa Excelência, ainda por muito, muito tempo, até morrer, não nos abandone...

– Com seus conselhos paternais, pelo caminho da verdade e do progresso... – acrescentou Zakússin, enxugando o suor que de repente brotou em sua testa; era evidente que ele tinha uma vontade enorme de falar e, muito provavelmente, já tinha um discurso pronto. – E que seu estandarte drapeje ainda muito, muito tempo, na seara do gênio, do trabalho e da consciência social!

Pela enrugada bochecha esquerda de Jmíkhov desceu uma lágrima.

– Senhores! – disse ele com voz trêmula. – Eu não esperava, nunca pensei que os senhores fossem comemorar meu modesto jubileu... Estou emocionado... demais, mesmo... Não esquecerei este momento enquanto não for levado ao meu túmulo, e acreditem... acreditem, meus amigos, nin-

1. Referência ao edifício do Almirantado, mandado construir por Pedro, o Grande, em S. Petersburgo, e que tem uma agulha dourada de 72 metros no topo de sua torre. (N.T.)

2. Os sobrenomes foram inventados pelo autor: Kráterov vem de cratera; Jmíkhov é formado da palavra *jmíkhi* "bagaços de sementes"; Zakússin, do verbo *zakussit'*, morder, comer, lambiscar. (N.T.)

guém deseja o bem aos senhores mais do que eu... E se eu fiz alguma coisa que os magoou, foi para o próprio bem de vocês...

Jmíkhov, que era conselheiro de Estado efetivo, beijou o conselheiro titular Kráterov, que não esperava tal honra e ficou pálido de júbilo. Depois o chefe fez outro gesto, indicando que por causa da emoção ele não podia falar, e começou a chorar, como se o precioso álbum não lhe estivesse sendo entregue, mas, ao contrário, estivesse sendo tomado dele... Depois, um pouco mais calmo, disse ainda algumas palavras comovidas, estendeu a mão para que todos a apertassem e, acompanhado de altos gritos de alegria, desceu as escadas, entrou na carruagem e partiu, com as bênçãos dos que ficaram. Dentro da carruagem, ele ainda sentia o peito transbordar de uma alegria até então desconhecida, e chorou novamente.

Em casa, novas alegrias o esperavam. Sua família, amigos e conhecidos lhe fizeram tal ovação que ele acreditou que de fato fizera à pátria um benefício tão grande que, se ele não existisse, ela estaria muito mal. O almoço comemorativo do seu jubileu consistiu de brindes, discursos, abraços e lágrimas. Em suma: Jmíkhov não tinha a menor ideia de que seus serviços seriam tão calorosamente apreciados.

– Senhores! – disse ele, antes da sobremesa. – Há duas horas atrás eu fui recompensado por todos os sofrimentos que tem de experimentar o homem que serve não ao cargo, não à letra, mas ao dever. Durante todo o meu tempo de serviço, fui incessantemente fiel ao princípio: não é o público que existe para nós, e sim nós que existimos para o público. E hoje recebi a mais alta gratificação! Meus subordinados me presentearam com um álbum... Vejam! Estou emocionado.

As fisionomias festivas inclinaram-se para o álbum e puseram-se a examiná-lo.

– Que álbum bonitinho! – disse a filha de Jmíkhov, Ólia. – Acho que deve custar uns cinquenta rublos. Que beleza! Papai, deixe este álbum comigo. Está me ouvindo? Vou escondê-lo... Um álbum tão bonitinho!

Depois do almoço, Óletchka[3] levou o álbum para seu quarto e trancou-o na gaveta da mesa. No dia seguinte ela retirou os retratos dos funcionários e jogou-os no chão, e no seu lugar ela colocou retratos de suas amigas de colégio. Os uniformes de serviço deram lugar às capinhas brancas. Kólia[4], o filhinho de Sua Excelência, pegou os funcionários do chão e pintou a roupa deles com tinta vermelha. Nos sem bigode ele desenhou bigodes verdes e, nos sem barba, pintou barbas marrons. Quando não havia mais nada para colorir, ele recortou as figurinhas dos retratos, furou os olhos com alfinete e ficou brincando de soldadinhos com eles. Depois recortou o conselheiro titular Kráterov, fincou-o numa caixa de fósforos e levou-o para o gabinete do pai.

– Papai, olha, fiz um monumento!

Jmíkhov deu uma gargalhada, balançou-se na cadeira e, todo derretido, deu um beijo estalado na bochecha de Kólia.

– Vá mostrar para a mamãe. Ela também precisa ver.

5 de maio de 1884

3. Óletchka é um diminutivo de Ólia, que por sua vez é apelido de Olga. (N.T.)

4. Apelido do nome Nikolai. (N.T.)

A VERANISTA

Liôlia N.N., uma loura bonitinha de vinte anos, está de pé com o queixo apoiado na cerca da casa de campo. O descampado, as nuvens em flocos no céu, a estação ferroviária, que se destaca escura ao longe, o riacho que corre a dez passos da cerca – tudo está banhado pela luz vermelha da lua que se ergue atrás do monte. O ventinho, por falta do que fazer, encrespa o riacho e faz murmurar a relva... Paira o silêncio em todo o redor... Liôlia está pensativa... Seu rostinho bonito está tão triste, seus olhos estão escuros de tanta angústia, que seria indelicado e cruel não partilhar a sua dor.

Ela compara o presente ao passado. No ano anterior, nesse mesmo mês de maio, perfumado e poético, ela estava no colégio e fazia as provas finais. Recorda-se do momento em que a orientadora da classe, *Mlle* Morceau, uma criatura apagada, enferma e terrivelmente ignorante, com um rosto eternamente assustado e um enorme nariz suado, levava as formandas para tirar retrato.

– Ah, eu lhe imploro – pedia ela à secretária do estúdio –, não mostre a elas retratos de homens!

Ela fazia esse pedido com lágrimas nos olhos. Aquela pobre lagartixa, que nunca conheceu homem algum, era dominada por um terror sagrado quando via uma fisionomia masculina. Nos bigodes e barbas de cada "demônio" ela conseguia perceber a bem-aventurança do paraíso que irremediavelmente leva ao abismo desconhecido, de onde não há saída.

As internas riam da tola Morceau, mas, impregnadas de "ideais", não deixavam de partilhar seu terror sagrado. Elas acreditavam que, fora das paredes do colégio, além dos paizinhos catarrentos e dos irmãos que faziam o serviço militar, havia em profusão poetas descabelados, pálidos cantores, escritores satíricos cheios de fel, patriotas desesperados, milionários podres de ricos, advogados de defesa eloquentes e terrivelmente interessantes... Bastaria olhar para essa fervilhante multidão e escolher. Liôlia, em particular, estava convencida de que ao sair do colégio ela iria fatalmente topar com heróis de Turguêniev e outros, com lutadores em prol da verdade e do progresso, de que tratam todos os romances e até mesmo todos os manuais de história – a antiga, a medieval e a moderna...

Agora, neste mês de maio, Liôlia já é uma mulher casada. Seu marido é bonito, rico, jovem, formado, é respeitado por todos, mas, apesar disso (dá vergonha reconhecer isso num mês tão poético como maio!), ele é tosco, não lapidado e absurdo, como quarenta mil de seus semelhantes, igualmente absurdos.

Ele acorda exatamente às dez da manhã, veste o roupão e se senta para fazer a barba. Barbeia-se com uma expressão preocupada, com sentimento, como se estivesse inventando o telefone. Terminada a barba, ele bebe umas águas especiais, também com cara preocupada. Depois, vestido numa roupa cuidadosamente limpa e passada, ele beija a mão da esposa e vai em sua própria carruagem para o trabalho na Sociedade de Seguros. O que ele faz nessa "sociedade", Liôlia não sabe. Se ele somente copia papéis, se faz projetos inteligentes ou, quem sabe, até lida com os destinos da "sociedade", Liôlia não sabe dizer. Às quatro horas ele chega do trabalho e, queixando-se do cansaço e da transpiração, troca a roupa-branca. Depois senta-se para almoçar. Durante o almoço, ele come muito e conversa. Prefere falar de assuntos elevados. Soluciona as questões femininas e as financeiras, xinga, por algum motivo, a Inglaterra, elogia Bismarck[1]. Ele não poupa nada: jornais, medicina, atores, estudantes... "A juventude se apequenou terrivelmente!" Durante um único almoço ele consegue resolver centenas de problemas, mas, o que é mais terrível, os convidados para o almoço escutam esse homem pesado e lhe fazem coro. Ele, que só fala coisas sem pé nem cabeça e vulgaridades, ainda é mais inteligente do que as visitas e consegue ser uma autoridade.

---

1. Otto von Bismarck (1815-1898). Militar e político alemão. (N.T.)

– Atualmente nós não temos bons escritores! – suspira ele em cada almoço, e essa convicção não foi tirada dos livros. Ele nunca lê nada – nem livros, nem jornais. Confunde Turguêniev com Dostoiévski, não compreende as caricaturas nem as piadas e, tendo lido por conselho de Liôlia um livro de Schedrin[2], achou que esse autor escreve "de maneira nebulosa".

– Púchkin, *ma chère*, é melhor... Púchkin tem coisas muito engraçadas! Eu me lembro que li...

Depois do almoço ele vai para a varanda, senta-se numa poltrona macia e fica pensando, de olhos semicerrados. Fica assim muito tempo, concentrado, carrancudo e de cenho franzido... Sobre o que ele pensa, Liôlia não consegue saber. O que ela sabe é que, depois de pensar durante duas horas, ele não fica nem um pouquinho mais inteligente e continua a dizer disparates. À noite, jogo de cartas. Ele é meticuloso ao jogar. Pensa muito antes de fazer uma jogada, e se um dos parceiros comete um erro, ele, com uma voz clara, nítida e regular, expõe as regras do jogo. Depois do baralho, quando as visitas vão embora, ele bebe daquelas mesmas águas e, com cara preocupada, deita-se para dormir. Durante o sono ele fica imóvel como um tronco de árvore. Vez por outra ele fala durante o sono, mas o que ele diz é também sem pé nem cabeça.

– Cocheiro! Cocheiro! – Liôlia o ouviu dizer na segunda noite após seu casamento.

A noite inteira ele emite ruídos no nariz, no peito, na barriga...

Isso é tudo que Liôlia pode dizer sobre ele. Agora, parada junto à cerca, ela pensa sobre ele, compara-o com todos os homens que ela conhece e acha que ele é o melhor de todos; porém, não se sente mais confortada por isso. O terror sagrado de *Mlle* Morceau prometia mais.

2 de junho de 1884

---

2. Mikhail Ievgráfovitch Saltykov, pseudônimo Schedrin, mais conhecido como Saltykov-Schedrin (1826-1889), grande escritor satírico russo. Fez críticas, entre outras coisas, à má administração pública, aos proprietários de terra e à maneira desumana como estes tratavam seus camponeses. (N.T.)

Ele brigou com a esposa

Fato verídico

– Mas que inferno! Você chega em casa do trabalho, faminto como um cão, e só o diabo sabe como te alimentam! E você ainda não pode reclamar! Se reclama, na mesma hora: choro, lágrimas! Que eu seja excomungado três vezes por ter me casado!

Dito isso, o marido jogou com força a colher no prato, levantou-se de um salto e saiu furioso, batendo a porta. A esposa começou a soluçar, cobriu o rosto com o guardanapo e saiu também. Acabou-se o almoço.

O marido foi para o seu gabinete, atirou-se no divã e enfiou o rosto numa almofada.

"Foi o demônio que te empurrou para casar!", pensou ele. "Que maravilha, a vida de casado! Deus me livre! Mal uma pessoa se casa, já quer suicidar-se!"

Um quarto de hora depois ele ouviu uns passos leves atrás da porta...

"É, é sempre assim... Me ofende, me insulta, e agora fica andando na frente da porta, querendo fazer as pazes... Ora bolas! É mais fácil eu me enforcar do que fazer as pazes!"

A porta se abriu com um leve rangido e não se fechou. Alguém entrou e, com passos leves e tímidos, dirigiu-se ao divã.

"Deixe estar! Pode pedir perdão, suplicar, soluçar... Figa para você! Nem pensar! Pode morrer, que não ouvirá uma palavra minha... Estou dormindo, como vê, e não quero conversa!"

O marido enfiou ainda mais o rosto na almofada e ficou roncando baixinho. Mas os homens são tão fracos quanto as mulheres. Eles amolecem e ficam mansos com facilidade. Ao sentir um corpo quente atrás de suas costas, o marido, por teimosia, moveu-se para mais perto do encosto do divã e encolheu a perna.

“É, agora estamos nos achegando, nos encostando, adulando... Daqui a pouco ela vai dar beijinhos no meu ombro, vai ficar de joelhos. Não suporto esses dengos! Apesar disso, vou ter de perdoá-la. No estado dela, faz mal ficar nervosa. Vou torturá-la um pouquinho, como castigo, depois perdoo...”

Ele ouviu bem perto do ouvido um suspiro profundo. A seguir, um segundo e um terceiro... O marido sentiu no ombro o roçar de uma mãozinha.

“Bom, deixa pra lá! Vou perdoar pela última vez. Chega de torturá-la, coitadinha! Ainda mais que a culpa foi minha! Fiz um barulhão por uma besteira...”

– Está bem... já chega, minha pequena!

O marido esticou o braço para trás e abraçou um corpo quente.

– Eca!!

Ao seu lado estava deitada sua enorme cadela Dianka.

9 de junho de 1884

O camaleão

Pela praça do bazar caminha o inspetor de polícia Otchumélov[1], de capote de inverno novo e com uma trouxinha na mão. Atrás dele vai um policial ruivo segurando uma peneira cheia até a borda de groselhas confiscadas. O silêncio é total... Não há viva alma na praça... As portas abertas das vendas e dos botecos encaram desanimadas a luz do dia, parecendo bocarras famintas; perto delas não se veem nem mesmo mendigos.

– Você quer morder, maldito?! – ouve Otchumélov de repente. – Rapazes, não deixem ele sair! Agora é proibido morder! Peguem ele! Aaa!

Ouve-se o ganido de um cachorro. Otchumélov olha para o lado e vê: do depósito de madeira do comerciante Pitchúguin[2] sai correndo um cãozinho, pulando em três patas e olhando para trás. Atrás dele vem um homem de camisa de chita engomada e colete desabotoado. Ele está perseguindo o cachorro, com o tronco inclinado para a frente; cai no chão e agarra o animal pelas patas traseiras. De novo se ouvem ganidos e o grito: "Não deixem ele fugir!". Das vendas aparecem caras sonolentas e logo, perto do depósito de madeira, junta-se uma multidão que parece ter brotado da terra.

– Pelo jeito, tem uma baderna ali, Excelência! – diz o policial.

Otchumélov vira-se para a esquerda e marcha em direção à multidão. Junto ao portão do depósito ele vê o homem do colete desabotoado em pé, com o braço direito levantado, mostrando para a gente reunida um dedo ensanguentado. Na sua cara de quem já está de pilequinho está escrito: "Vou arrancar seu couro, peste!", e seu dedo até parece um estan-

---

1. Sobrenome inventado, formado a partir do verbo *otchumet'*, ficar atônito. (N.T.)

2. Sobrenome formado a partir da palavra *pitchuga*, pequeno passarinho. (N.T.)

darte vitorioso. Naquele homem, Otchumélov reconheceu o ourives Khriúkin[3]. No centro da multidão, com as patas da frente abertas e o corpo todo tremendo, está sentado o culpado pelo escândalo – um filhote de borzói branco, com seu focinho fino e uma mancha amarela nas costas. Seus olhos chorosos expressam desespero e medo.

– O que se passa aqui? – pergunta Otchumélov, abrindo caminho no meio da multidão. – O que aconteceu? Por que está com o dedo levantado? Quem gritou?

– Eu estava andando, Excelência, e não toquei em ninguém... – começa Khriúkin, tossindo dentro da mão. – Ia tratar a respeito de madeira com Mítri Mítritch, e de repente essa porcaria de cachorro, sem mais nem menos, me dá uma dentada no dedo... Vossa Excelência me desculpe, eu sou homem trabalhador... Alguém vai ter de me pagar, porque não vou poder mover esse dedo, com certeza! Não existe lei, Excelência, que nos obrigue a aguentar mordidas de animal... Se qualquer um pode morder, é melhor nem viver neste mundo...

– Hum!... Está bem... – diz Otchumélov com ar severo, tossindo e sacudindo as sobrancelhas. – Está bem... De quem é o cachorro? Não vou deixar assim. Vou mostrar a vocês o que acontece se deixam cachorros soltos. Já é hora de prestar atenção nesses senhores que não querem se submeter às leis! Quando receber a multa, o canalha vai saber o que é um cachorro solto, ou qualquer animal vadio! Eu mostro a esses safados! Yeldýrin – diz ele ao policial –, descubra quem é o dono desse cachorro e redija o relatório! É preciso eliminar o animal. Sem demora! Com certeza está raivoso... Quero saber: de quem é esse cachorro?

– Tá com jeito de ser do general Jigálov! – diz alguém na multidão.

– Do general Jigálov? Hum!... Yeldýrin, tire o meu capote... Está um calorão terrível! Parece que vai chover... Eu só não entendo uma coisa: como ele poderia te morder? – pergunta Otchumélov para Khriúkin. – Por acaso ele consegue

3. Sobrenome fictício formado a partir do verbo *khriúkat'*, grunhir. (N.T.)

alcançar o seu dedo? Ele ainda é pequeno, e você é um homenzarrão! Com certeza você furou o seu dedo com um prego, e depois teve a ideia de dar um golpe. Pois você é... um tipo conhecido! Eu conheço vocês, demônios!

– Excelência, ele ficou botando cigarro no focinho do cachorro e dando risada, e o cachorro, que não é bobo, deu uma dentada nele... Esse cara é um cabeça-oca, Excelência!

– Você está mentindo, caolho! Você não viu nada! Para que mentir? Sua Excelência é um senhor inteligente e sabe distinguir quem está mentindo e quem está falando com consciência, como se estivesse diante de Deus... E, se estou mentindo, então o juiz que decida. Ele conhece a lei. Agora todos são iguais perante a lei... E eu tenho um irmão que é gendarme, se quer saber...

– Parem de discutir!

– Não, esse cachorro não é do general... – diz o policial, depois de pensar muito. – O general não tem cachorros como esse... Ele tem é cão de caça.

– Você tem certeza?

– Tenho, Excelência...

– É verdade. O general tem cachorros caros, de raça, e este – sabe-se lá o que é. Nem pelagem, nem aparência... Uma porcaria... Para que criar um cachorro desses? São burros ou o quê? Se um cachorro desses aparecesse em Petersburgo ou em Moscou, sabem o que fariam? Eles nem teriam o trabalho de procurar na lei, dariam cabo dele na hora! Você, Khriúkin, sofreu dano e não deve deixar este assunto assim... É preciso que este caso sirva de exemplo. Já é hora de...

– Mas pode ser que seja do general... – pensa em voz alta o policial. – No focinho dele não está escrito, mas, não faz muito tempo, eu vi um parecido com esse no quintal do general.

– Mas é claro, é do general! – diz uma voz na multidão.

– Hum... Yeldýrin, venha cá, me vista o meu capote... O vento começou a soprar, eu acho... Que frio! Você vai levar o cachorro para o general e perguntar se é dele. Diga que fui eu que encontrei e estou devolvendo... E diga que eu pedi para não o deixarem solto na rua... Pode ser que seja um cachorro caro, e se cada porco ficar metendo cigarro na cara dele, vai estragar o animal. Cachorro é bicho frágil... E você, bobalhão, abaixe o braço! Não há por que ficar exibindo esse dedo idiota! O culpado foi você mesmo!

– Lá vem o cozinheiro do general, vamos perguntar a ele... Ei! Prokhór! Venha até aqui, amigo! Olhe para este cachorro... É de vocês?

– Que ideia! Nós nunca tivemos cachorros assim!

– Não há por que ficar aqui perguntando o dia inteiro! – diz Otchumélov. – É cachorro sem dono! Não há por que ficar de conversa aqui! Se eu disse que é sem dono, é porque é sem dono... É preciso exterminar e pronto.

– Ele não é nosso – continua Prokhór. – Ele é do irmão do general, que chegou faz pouco tempo. Nosso general não gosta de borzói, mas o irmão dele gosta...

– Mas, então o irmão de Sua Excelência chegou? O Vladímir Ivânytch? – pergunta Otchumélov, com um sorriso embevecido lhe inundando o rosto. – Ai meu Deus! E eu que não sabia! Veio visitar o irmão?

– É, veio visitar.

– Ah, meu Deus! Na certa estava com saudade do irmão... E eu que não sabia! Então este cachorrinho é dele? Que bom! Pode pegar... O cachorrinho até que é bonitinho... E muito esperto... Deu uma dentada no dedo desse aí! Há-há-há... E aí, amigo, por que está tremendo? Rrr... Rrr... Está brabo, capeta... Mas que gracinha...

Prokhór chama o cachorro e o leva do depósito de madeira. A multidão fica rindo de Khriúkin.

– Eu ainda te pego! – lhe diz Otchumélov em tom de ameaça. E, fechando o capote até o pescoço, ele continua sua caminhada pela praça do bazar.

8 de setembro de 1884

Casamento por interesse

Romance em duas partes

Primeira parte

Na casa da viúva Mýmrina[1], que fica no beco Piatissobátchi, está havendo um jantar de bodas. Participam 23 pessoas, das quais oito não comem nada e, com sono, ficam só batendo com o nariz na mesa e se queixando de que "estão enjoadas". As velas, lampiões e um lustre torto, que foram alugados da taverna, ardem com tanta claridade que um dos comensais, um telegrafista, semicerra os olhos de modo galante e a todo momento, sem quê nem pra quê, puxa o assunto da conversa para a eletricidade. Ele prevê para ela e para a iluminação elétrica um futuro brilhante, mas os outros convivas o escutam com um certo desdém.

– Eletricidade... – balbucia o padrinho de casamento, mirando com um olhar embotado o próprio prato. – Pois, na minha opinião, a iluminação elétrica não passa de embuste. Eles metem lá dentro um carvãozinho e pensam que enganam! Não, meu amigo, se você quer me dar iluminação, então me dê não um carvãozinho, e sim algo concreto, algo que queime, algo que você pode pegar com as mãos! Dê fogo, entende? Fogo, que é natural, e não uma coisa inventada.

– Se o senhor visse uma bateria elétrica, do que ela é feita – diz o telegrafista querendo se exibir –, mudaria de ideia.

– E nem quero ver. É trapaça. Querem enganar as pessoas simples. Querem explorá-las até a última gota. Conheço esses tipos... E o senhor, meu jovem – não tenho a honra de

1. Sobrenome fictício formado a partir da palavra russa *mýmra*, mulher taciturna, aborrecida. (N.T.)

saber o seu nome –, em vez de ficar defendendo o embuste, faria melhor se bebesse e servisse bebida aos outros.

– Estou de pleno acordo com o senhor – diz o noivo Aplômbov[2], um jovem de pescoço comprido e cabelo arrepiado, com uma voz de tenor meio rouca. – Para que falar de ciência? Não sou contra conversas sobre qualquer tipo de descobertas científicas, mas em outra ocasião! Que você acha disso, *ma chère*? – pergunta ele, dirigindo-se à noiva ao seu lado.

A noiva Dáchenka, em cujo rosto estão estampadas todas as virtudes, exceto uma – a capacidade de pensar –, fica vermelha e diz:

– Esse senhor quer mostrar sua instrução e sempre fala de coisas difíceis.

– Graças a Deus, vivemos a vida inteira sem instrução e, pela bondade de Deus, esta é a terceira filha que estamos casando com um homem de bem – diz a mãe da noiva na outra ponta da mesa, suspirando e olhando para o telegrafista. – E se na sua opinião nós não temos instrução, por que o senhor vem à nossa casa? Por que não vai procurar os instruídos?

Segue-se um silêncio. O telegrafista está constrangido. Ele nunca esperou que uma conversa sobre eletricidade tomasse rumo tão estranho. Aquele silêncio parece hostil, ele o interpreta como um sintoma da insatisfação geral e acha que tem o dever de se justificar.

– Tatiana Petrovna, eu sempre tive respeito por sua família – diz ele –, e se falei da iluminação elétrica, não significa que fiz isso por arrogância. E eu posso até mesmo beber... Eu sempre desejei com sinceridade que Dária Ivânovna encontrasse um noivo bom. Atualmente, Tatiana Petrovna, é difícil encontrar um bom marido. Hoje em dia cada um só pensa em casar por interesse, por dinheiro...

– Isso é uma indireta! – diz o noivo, enrubescendo e piscando os olhos.

---

2. Sobrenome formado a partir da palavra de origem francesa *aplomb*, arrogância. (N.T.)

– Não há nenhuma indireta – diz o telegrafista, acovardando-se. – Não estou falando das pessoas presentes. Estou falando de maneira geral... Me desculpem... Todos sabem que vocês estão se casando por amor... O dote nem vale tanto assim...

– Não! Vale sim! – ofende-se a mãe de Dacha. – O senhor converse, mas não diga asneiras! Além dos mil rublos, vamos dar três mantôs, a cama e todos estes móveis. Onde o senhor vai encontrar um dote assim?

– Eu não falei nada... A mobília é realmente boa... O que eu estava dizendo é que aquele senhor se ofendeu, como se eu tivesse feito alguma indireta...

– E não faça indiretas – diz a mãe da noiva. – Nós temos respeito pelos seus pais, por isso o convidamos para o casamento, e o senhor fica aí com umas conversas esquisitas... E se o senhor sabia que Iegór Fiódorytch ia se casar por interesse, por que ficou calado? Deveria ter vindo aqui, como um bom parente, e dito: é assim e assim, ele está se insinuando por interesse... E você, meu caro, está cometendo um pecado – diz ela de repente, dirigindo-se ao noivo com voz chorosa e piscando os olhos. – Eu dei a ela de comer, de beber... eu cuidei dela melhor do que de um diamante, de uma esmeralda, ela é a minha filhinha, e você... você, por interesse...

– E a senhora acreditou na calúnia? – diz Aplômbov, levantando-se da mesa e arrancando nervosamente seus cabelos arrepiados. – Fico imensamente grato! *Merci* por tal opinião! E quanto ao senhor Blíntchikov[3] – diz ele, dirigindo-se ao telegrafista –, embora o senhor seja um conhecido meu, não permito que apronte essa confusão numa casa alheia! Tenha a bondade de ir embora!

– Como assim?

– Tenha a bondade de ir embora! Desejo que o senhor seja tão honesto quanto eu! Em suma: tenha a bondade de se retirar!

– Ah, deixa disso! Já chega! – dizem os amigos do noivo, fazendo-o sentar-se. – Não vale a pena! Sente-se! Deixe pra lá!

3. De *blíntchik*, panquequinha, em russo. (N.T.)

– Não, quero mostrar a ele que não tem nenhum direito! Eu me casei legalmente por amor. Por que o senhor ainda está sentado? Não entendo. Tenha a bondade de se retirar!

– Eu não disse nada... Apenas... – diz o aturdido telegrafista, erguendo-se da cadeira. – Não entendo nem mesmo... Não se incomode, eu vou embora... Só que primeiro me devolva os três rublos que o senhor me pediu emprestados para o colete de piquê. Vou beber a última e... vou-me embora. Mas primeiro, pague o que me deve.

O noivo fica cochichando muito tempo com seus amigos. Eles juntam, moeda por moeda, os três rublos, e o noivo atira-os raivosamente sobre o telegrafista. Após a demorada busca de seu quepe, este se inclina em despedida e vai embora.

Às vezes pode terminar dessa maneira uma inocente conversa sobre eletricidade! Mas eis que o jantar chega ao fim... É noite. O autor bem-educado coloca um freio na sua fantasia e lança sobre os acontecimentos seguintes o escuro véu do mistério.

A Aurora de dedos cor-de-rosa ainda encontra Himeneu no beco Piatissobátchi, mas chega a manhã cinzenta e dá ao autor um rico material para a:

Segunda e última parte

Uma cinzenta manhã de outono. Não são nem oito horas da manhã, mas no beco Piatissobátchi há um movimento fora do normal. Pelas calçadas correm policiais agitados e zeladores das casas próximas; junto aos portões há multidões de cozinheiras que ali se congelam, com uma expressão de profunda perplexidade nos rostos... Em todas as janelas há pessoas espiando. Na janela aberta de uma lavanderia, cabeças femininas se comprimem para também olhar.

– Parece neve, mas... não dá para entender o que é aquilo – dizem várias vozes.

No ar, do chão até os telhados, esvoaça uma coisa branca, muito parecida com neve. A rua está branca, os lampiões públicos, os telhados, os bancos dos pátios, os ombros e gorros dos transeuntes – tudo está branco.

– O que aconteceu? – perguntam as lavadeiras aos zeladores que passam correndo.

Eles respondem com um abano de mão e continuam a corrida... Nem mesmo eles sabem o que aconteceu. Mas eis que finalmente passa devagar um zelador, conversando consigo mesmo e gesticulando. Pelo visto, ele esteve no local da ocorrência e sabe de tudo.

– Queridinho, o que aconteceu? – perguntam-lhe as lavadeiras, da janela.

– Insatisfação – responde ele. – Na casa da Mýmrina, onde ontem teve casamento, erraram nas contas com o noivo. Em vez de mil, deram novecentos.

– E ele o que fez?

– Ficou brabo. Disse um monte de coisas... Meteu a faca no edredom e atirou a penugem pela janela... Ixe, que quantidade de penugem! Parece até neve!

– Estão vindo! Estão vindo! – ouvem-se vozes. – Estão vindo!

Da casa da viúva Mýmrina sai uma procissão. Na frente vão dois policiais com caras preocupadas... Atrás deles caminha Aplômbov, de paletó de tricô e de cartola. No seu rosto está escrito: "Sou um homem honesto, mas não permito ser enganado!".

– A justiça vai mostrar a vocês que tipo de pessoa eu sou! – murmura ele, voltando-se a todo momento para trás.

Atrás dele, chorando, vão Tatiana Petrovna e Dáchenka. A procissão termina com um zelador, que carrega um livro, e uma multidão de moleques.

– Por que está chorando, noivinha? – perguntam as lavadeiras a Dacha.

– Estamos lamentando pelo edredom! – responde por ela a mãe. – Pesava três *pud*[4], amigas! E precisavam ver que penugem! De primeira qualidade, sem penas duras misturadas! Foi um castigo de Deus na minha velhice!

A procissão vira a esquina e o beco Piatissobátchi volta à sua calma. A penugem esvoaça até o anoitecer.

8 de novembro de 1884

4. *Pud*: medida russa de massa equivalente a 16,38 quilogramas. (N.T.)

Uma noite terrível

Ivan Petróvitch Panikhídin[1] empalideceu, diminuiu a luz do lampião e iniciou sua narrativa com voz emocionada:

– Uma escuridão negra, opaca, cobria toda a terra na noite da véspera do Natal de 1883, quando eu voltava para o meu apartamento, vindo da casa de um amigo, hoje já falecido, onde pouco antes havíamos feito uma sessão de espiritismo. Por onde eu passava, os becos, por alguma razão, não estavam iluminados, e eu tinha de caminhar quase tateando. Em Moscou, eu morava na Uspênie-na-Moguíltsakh, na casa do funcionário público Trúpov[2], num dos lugares mais afastados de Arbat. Enquanto eu caminhava, meus pensamentos eram pesados, angustiantes...

"Sua vida está próxima do fim... Arrependa-se..."

Essa frase me foi dita naquela sessão por Espinosa, cujo espírito nós conseguimos contatar. Pedi que repetisse, e o copo não só repetiu, como ainda acrescentou: "Esta noite". Eu não acredito em espiritismo, mas a ideia de morte, ou apenas a menção dela, me faz ficar melancólico. A morte, senhores, é inevitável, rotineira; entretanto, sua própria ideia causa à natureza humana repugnância. E, naquele momento, envolto na treva impenetrável e fria, em que diante dos meus olhos os pingos de chuva giravam freneticamente e sobre minha cabeça o vento gemia seus queixumes, em que eu não via nem uma criatura viva, não ouvia o som de uma voz humana, minha alma se encheu de um terror indefinido e inexplicável. Eu, uma pessoa livre de superstições, apressei o passo, temendo olhar para trás ou para os lados. Tinha a impressão de que, se olhasse em volta, obrigatoriamente veria a morte, como uma assombração.

1. Neste conto, Tchékhov criou sobrenomes para todos os personagens a partir de palavras ligadas a morte; Panikhídin vem de *panikhida*, missa de réquiem. (N.T.)

2. Trúpov vem de *trup*, cadáver. (N.T.)

Panikhídin deu um suspiro entrecortado, bebeu água e continuou:

– Aquele terror indefinido, mas que os senhores podem entender, não me abandonou nem no momento em que eu, alcançando o quarto andar da casa de Trúpov, destranquei a porta e entrei no meu quarto. A minha modesta morada estava às escuras. Na lareira, o vento se lamentava e batia na portinhola do respiradouro, como que pedindo para se aquecer.

"Se acreditar em Espinosa', pensei, 'esta noite, ao som desse lamento, eu terei de morrer. De qualquer modo, é horripilante!..."

Acendi um fósforo... Uma ventania furiosa sacudiu o telhado da casa. O pranto suave se transformou num rugido ameaçador. Em algum lugar, nos andares de baixo, uma janela solta começou a bater, e a portinhola do meu respiradouro pôs-se a choramingar, pedindo socorro...

"Numa noite assim, quem não tem onde morar deve passar mal", pensei.

Mas não era uma ocasião apropriada para tais pensamentos. Quando o fósforo de enxofre começou a queimar com uma chamazinha azulada, lancei um olhar pelo meu quarto e, diante de mim, vi uma cena inesperada e terrível... Foi pena que a lufada de vento não tenha apagado o meu fósforo! Se isso tivesse acontecido, talvez eu não tivesse visto nada e não teria ficado de cabelo em pé. Soltei um grito, dei um passo em direção à porta e, cheio de pavor, desespero e espanto, fechei os olhos...

No meio do quarto havia um caixão.

A chama azul ardeu por pouco tempo, mas consegui distinguir os contornos do caixão... Vi o tecido lamê rosado, cintilante, vi uma cruz dourada feita de galão na tampa. Há coisas, senhores, que ficam impressas em nossa memória, mesmo se as vemos apenas por um instante. Assim foi com aquele caixão. Eu o vi apenas por um segundo, mas me lembro dos mínimos detalhes. Era um caixão para uma pessoa de estatura mediana e, a julgar pela cor, destinava-se a uma moça jovem. O lamê caro, os pés, as alças de bronze – tudo indicava que o defunto era rico.

"Saí correndo do meu quarto e, sem raciocinar, sem pensar, apenas sentindo um terror indescritível, desci desabalado a escada. Ali e no corredor estava escuro, minhas pernas se enroscavam nas abas do casacão, e é espantoso que eu não tenha caído e quebrado o pescoço. Chegando à rua, encostei-me no poste de luz molhado e aos poucos fui me acalmando. Meu coração batia acelerado e eu mal podia respirar."

Uma das ouvintes aumentou a luz do lampião e sentou-se mais perto do narrador, que prosseguiu:

– Eu não me espantaria se encontrasse no meu quarto um incêndio, um ladrão, um cão raivoso... Não me espantaria se o teto tivesse caído, o chão tivesse afundado ou as paredes tivessem desmoronado... Tudo isso é natural e compreensível. Mas como poderia ter surgido no meu quarto um caixão? De onde teria vindo? Um caixão caro, feminino, destinado, com toda certeza, a uma jovem aristocrata – como foi parar no quarto miserável de um simples funcionário público? Estava vazio ou dentro dele havia um cadáver? E quem seria *ela*, aquela riquinha, cuja vida terminou antes do tempo, e que veio me fazer aquela estranha e horrenda visita? Era um mistério aterrorizante!

"Se não há aqui um fenômeno sobrenatural, então deve ser um crime", perpassou pela minha mente.

Fiquei perdido em indagações. Durante minha ausência a porta tinha ficado fechada, e o local onde estava a chave só era do conhecimento dos meus amigos mais próximos. Não seriam os meus amigos que haveriam de pôr ali um caixão. Também se poderia supor que o caixão tinha sido levado para a minha casa por engano. Os fabricantes do caixão poderiam ter errado de endereço, de andar ou de porta, e deixado a encomenda onde não deveriam. Mas quem ignora que nossos fabricantes de caixão nunca se vão de um lugar sem antes receber o pagamento ou, pelo menos, uma gorjeta?

"Os espíritos predisseram a minha morte", pensei. "Não teriam sido eles que tiveram o trabalho de me fornecer o caixão?"

Eu, senhores, não acredito e não acreditava em espiritismo, mas tal coincidência pode fazer até um filósofo cair num estado de ânimo místico.

"Mas tudo isso é tolice, e eu sou covarde como um garoto de escola", decidi. "Foi uma ilusão de ótica e nada mais!" Na volta para casa eu estava num estado de espírito muito sombrio, e não é de admirar que, com meus nervos abalados, eu tivesse visto um caixão. É claro que foi ilusão de ótica! Que outra coisa poderia ser?

A chuva açoitava meu rosto, e o vento sacudia raivosamente as abas do meu casaco e o meu gorro... Estava tiritando, terrivelmente molhado. Tinha de sair dali, mas... ir para onde? Voltar para o meu quarto significava submeter-me ao risco de ver novamente o caixão, e esse espetáculo estava acima de minhas forças. Sem nenhuma pessoa viva ao meu lado, sem ouvir uma voz humana, sozinho junto do caixão, dentro do qual talvez houvesse um cadáver, eu poderia perder a razão. Mas ficar na rua, no frio, debaixo de um aguaceiro, era impossível.

Resolvi passar a noite na casa do meu amigo Upokóiev[3], que, como os senhores sabem, mais tarde se suicidou com um tiro. Ele vivia numa pensão do comerciante Tchérepov[4], que fica no beco Miórtvy[5].

Panikhídin enxugou o suor frio que brotava no seu rosto pálido, deu um suspiro profundo e continuou:

– Meu amigo não estava em casa. Depois de bater, convencido de que ele não se encontrava, procurei com os dedos a chave na moldura superior da porta, abri e entrei. Arranquei meu casaco molhado e o joguei no chão; depois, tateando na escuridão, fui até o divã e me sentei para descansar. Estava escuro... Na janela o vento zunia melancolicamente. Na lareira um grilo repetia o seu cri-cri monótono. No Kremlin, os sinos tocaram, chamando para as Matinas de Natal.[6] Acendi às pressas um fósforo, mas a claridade não me livrou de ficar deprimido. Ao contrário, um terror pavoroso e indescritível novamente tomou conta de mim... Dei um grito, cambaleei e saí correndo do quarto, sem sentir o meu corpo...

---

3. Sobrenome formado a partir da palavra *upokoi*, descanso eterno. (N.T.)

4. Sobrenome formado a partir da palavra *tchérep*, crânio. (N.T.)

5. *Miórtvyi* significa morto, em russo. (N.T.)

6. Na igreja ortodoxa, equivale à Missa do Galo católica. (N.T.)

No quarto do meu amigo eu vi a mesma coisa que havia visto no meu – um caixão!

O caixão do meu colega era quase o dobro do meu, e o forro marrom lhe conferia um colorido especialmente sombrio. Como ele viera parar ali? Já era impossível duvidar de que se tratava de uma ilusão de ótica, pois eu não poderia estar vendo caixões em cada quarto em que entrava! Evidentemente, aquilo era uma doença dos meus nervos, uma alucinação. Em qualquer lugar a que eu fosse agora, eu veria diante de mim aquela terrível morada da morte. Consequentemente, eu estava enlouquecendo, sofrendo de algo como "mania de caixão", e não era necessário ir muito longe para encontrar a causa da minha perda da razão: bastava lembrar da sessão de espiritismo e das palavras de Espinosa...

"Estou enlouquecendo!", pensei apavorado, agarrando os cabelos. "Meu Deus! O que vou fazer?!"

Minha cabeça estalava, as pernas bambeavam... A chuva caía em cântaros, o vento era penetrante, e eu não tinha nem casaco nem gorro. Voltar ao quarto para pegá-los era impossível, estava acima de minhas forças... O pavor me apertava fortemente em seus frios abraços. Meus cabelos ficaram em pé, no meu rosto descia um suor gelado, embora eu estivesse convencido de que aquilo tinha sido uma alucinação.

– Que eu podia fazer? – continuou Panikhídin. – Estava enlouquecendo e com risco de pegar um terrível resfriado. Felizmente me lembrei de que perto do beco Miórtvy vivia um grande amigo meu, um médico recém-formado, Pogóstov[7], que estivera comigo na sessão de espiritismo. Fui correndo procurá-lo. Naquela ocasião, ele ainda não era casado com uma rica comerciante e vivia no quinto andar do prédio do conselheiro de Estado Kladbichênski[8].

Na casa de Pogóstov meus nervos tiveram de sofrer uma nova tortura. Quando subia ao quinto andar, ouvi um barulho terrível. Lá em cima alguém corria, socando os pés com força no chão e batendo as portas.

7. De *pogóst*, pequeno cemitério junto a uma igreja, geralmente nas aldeias. (N.T.)

8. De *kládbische*, cemitério. (N.T.)

– Venham aqui! – ouvi esse grito lancinante. – Venham aqui! Zelador! Zelador!

Um instante depois, quase voando escada abaixo em minha direção veio uma silhueta escura, com casaco de pele e uma cartola amassada...

– Pogóstov! – exclamei, reconhecendo o meu amigo. – É o senhor? Que lhe aconteceu?

Quando chegou ao meu degrau, Pogóstov parou e agarrou meu braço febrilmente. Estava lívido, tremendo e respirando com dificuldade. Seus olhos giravam de forma desordenada, o peito arfava.

– É o senhor, Panikhídin? – perguntou ele com voz rouca. – Mas é o senhor mesmo? Está pálido, parece saído do túmulo... Ah, já é demais. O senhor não seria uma alucinação?... Meu Deus, o senhor está horrível...

– Mas o que há com o senhor? Está com uma cara horrível! – perguntei.

– Ah, deixe-me tomar fôlego, meu querido... Estou feliz em vê-lo, se é realmente o senhor, e não uma ilusão de ótica. Maldita sessão de espiritismo... Ela perturbou tanto os meus nervos que, imagine, quando há pouco eu voltei para casa, vi no meu quarto... um caixão!

Não acreditei nos meus ouvidos e pedi a ele que repetisse.

– Um caixão, um caixão de verdade! – disse o médico, sentando-se na escada para descansar. – Eu não sou medroso, mas até o diabo se assustaria se depois de uma sessão espírita topasse no escuro com um caixão.

Gaguejando e todo atrapalhado, contei ao doutor sobre os caixões que havia visto... Ficamos um minuto olhando um para o outro, de olhos arregalados e boca aberta de espanto. Depois, para nos convencermos de que não estávamos tendo alucinações, ficamos beliscando um ao outro.

– Nós dois estamos sentindo dor – disse o médico –, portanto, não estamos dormindo e nem sonhando um com o outro. Logo, os caixões, o meu e os seus, não são uma ilusão de ótica, e sim uma coisa material. E agora, meu amigo, o que vamos fazer?

Depois de passar uma hora inteira naquela escada fria, perdidos em perguntas e suposições, ficamos congelados e resolvemos vencer o terror covarde. Decidimos acordar o encarregado daquele andar e ir com ele até o quarto do doutor. E assim fizemos. Ao entrar no quarto, acendemos uma vela e, de fato, vimos um caixão forrado de lamê branco, com franja dourada e borlas. O encarregado do andar persignou-se com fervor religioso.

– Agora podemos saber se esse caixão está vazio ou se... é habitado – disse o pálido doutor, com o corpo inteiro tremendo.

Depois de uma longa indecisão, o doutor se inclinou e, cerrando os dentes de medo e expectativa, arrancou a tampa do caixão. Olhamos para dentro e...

O caixão estava vazio...

Não havia lá um defunto, mas, em compensação, encontramos dentro dele uma carta com o seguinte conteúdo:

> "Meu caro Pogóstov! Você sabe que os negócios do meu sogro entraram numa terrível decadência. Ele se endividou até o pescoço. Amanhã ou depois vão fazer o inventário dos seus bens, o que definitivamente destruirá a família dele e a minha; destruirá nossa honra, que é nosso bem mais precioso. Na reunião de família que fizemos ontem, resolvemos esconder o que temos de maior valor. Como os bens de meu sogro consistem de caixões (ele, como você sabe, é um mestre fabricante de caixões, o melhor da cidade), decidimos esconder os melhores. Eu me dirijo a você como amigo e lhe peço que me ajude a salvar nossa fortuna e nossa honra! Na esperança de que nos ajudará a conservar nossa propriedade, estou lhe enviando, meu amigo, um caixão, e peço que o esconda em sua casa até que eu mande buscar. Sem a ajuda dos amigos e conhecidos estaremos perdidos. Espero que não recuse o meu pedido, ainda mais levando-se em conta que o caixão vai permanecer na sua casa uma semana, no máximo. A todos que considero nossos amigos sinceros eu enviei um caixão, e deposito esperança na generosidade e nobreza deles. O amigo que o estima
> Ivan Tchêliustin"[9]

---

9. Da palavra *tchêliust*, mandíbula. (N.T.)

"Depois disso, eu me tratei durante três meses de transtorno dos nervos. Quanto ao nosso conhecido, o genro do fabricante de caixões, ele salvou sua honra e sua fortuna e já mantém uma agência funerária, organiza procissões fúnebres e negocia com lápides e monumentos sepulcrais. Os negócios dele não vão muito bem, e agora, toda noite, ao entrar no meu quarto, tenho sempre o temor de ver ao lado da minha cama uma escultura de mármore branco ou um catafalco."

27 de dezembro de 1884

Cronologia viva

A sala de visitas do conselheiro Charamýkin está envolta numa penumbra agradável. Uma grande lâmpada com pé de bronze e com um abajur verde tinge de um tom esverdeado, *à la* "noite ucraniana", as paredes, os móveis, os rostos... Vez por outra, na lareira, onde o fogo está se apagando, um pedaço de lenha já consumido se acende de repente, inundando por um instante os rostos com a cor de um clarão de incêndio. Mas isso não estraga a harmonia geral das cores. O tom básico, como dizem os pintores, está preservado.

Na poltrona em frente à lareira, com pose de quem acabou de almoçar, está o próprio Charamýkin, um senhor idoso, com suíças grisalhas de funcionário público e mansos olhos azuis. Seu rosto está inundado de ternura, os lábios esboçam um sorriso triste. A seus pés, sentado num banquinho, com as pernas estendidas na direção da lareira e se espreguiçando languidamente, está o vice-governador Lópnev, um homem viril, de uns quarenta anos. Perto do piano brincam os filhos de Charamýkin: Nina, Kólia, Nádia e Vânia. Pela porta entreaberta que liga ao escritório da senhora Charamýkina entra uma luz tímida. Atrás daquela porta, a esposa de Charamýkin, Anna Pávlovna, está sentada à sua escrivaninha. É uma dama cheia de vivacidade, fogosa, de uns trinta e poucos anos, que ocupa o cargo de presidente do comitê de senhoras da cidade. Seus olhinhos negros e vivos percorrem através do pincenê as páginas de um romance francês. Debaixo do livro está o documento de prestação de contas do comitê relativo ao ano anterior, já bastante estragado.

– Antigamente, nossa cidade, nesse sentido, era mais feliz – diz Charamýkin, olhando com os olhos semicerrados as brasas que se apagavam. – Não se passava um inverno sem que viesse algum artista famoso. Estiveram aqui notáveis atores, cantores, mas agora... sabe-se lá o quê! Além de mágicos e tocadores de realejo, ninguém mais vem para cá.

Não temos prazer estético... Parece que vivemos no meio do mato. É, meu caro... O senhor se lembra, Excelência, daquele ator trágico italiano... como se chamava? Aquele moreno alto... Mas que memória a minha! Ah, sim! Luigi Ernesto de Rugero... Talento notável... Que força! Bastava ele dizer uma palavra e o teatro vibrava. Minha Aniútotchka[1] contribuiu muito para o talento dele. Conseguiu um teatro para ele, vendeu ingressos para dez espetáculos... Como recompensa, ele lhe deu aulas de mímica e declamação. Um encanto de pessoa! Ele esteve aqui... espero não estar mentindo... há uns doze anos atrás. Não, minto... Foi menos, foi há uns dez anos... Aniútotchka, quantos anos tem a nossa Nina?

– Dez anos! – grita do escritório Anna Pávlovna. – Por quê?

– Por nada, mamãe, só estou perguntando... E vinham também bons cantores... O senhor se lembra do *tenore di grazia*[2] Prilíptchin[3]? Que homem encantador! Que aparência! Louro... olhos expressivos, maneiras parisienses... E que voz, Excelência! Só tinha um porém: algumas notas ele cantava com o estômago, e o ré ele cantava em falsete, mas no resto era muito bom. Ele dizia que havia estudado com Tamberlik[4]... Aniútotchka e eu conseguimos uma sala para ele na câmara e, em agradecimento, ele passava dias e noites cantando para nós... Ensinou Aniútotchka a cantar... Ele esteve aqui, agora me lembro, na época da quaresma, há uns... uns doze anos atrás. Não, mais. Que memória, Deus me perdoe! Aniútotchka, quantos anos tem a nossa Nádia?

– Doze.

– Doze... Se acrescentarmos dez meses... Aí está: treze! Antigamente parecia que a nossa cidade tinha mais vida... Por exemplo, havia festas beneficentes. Como eram maravilhosas as nossas festas de antigamente! Eram sensacionais! As pessoas cantavam, representavam, liam... Eu me lembro que, quando a guerra acabou e aqui ficaram alguns prisio-

1. Diminutivo de Aniúta, apelido de Anna. (N.T.)

2. Tenor lírico. (N.A.)

3. Do verbo *prilípnut'*, grudar. (N.T.)

4. Enrico Tamberlik (1820-1889). Tenor italiano. (N.T.)

neiros turcos, Aniútotchka organizou uma festa em benefício dos feridos. Arrecadaram 1.100 rublos... Os oficiais turcos, eu me lembro, ficaram loucos com a voz de Aniútotchka, e todos beijavam sua mão. Hê-hê... Apesar de serem asiáticos, são um povo agradecido. Aquela festa foi um sucesso tão grande, que eu, acredite, registrei no meu diário. Isso foi, pelo que me lembro, em... 76... Não! Em 77... Não! Me ajude: quando os turcos estiveram aqui? Aniútotchka, quantos anos tem o nosso Kólia?

– Eu tenho sete anos, papai! – diz Kólia, um garotão moreno, de cabelos pretos como carvão.

– É, nós envelhecemos e já não temos a mesma energia!... – concorda Lópnev, suspirando. – Essa é a causa... A velhice, meu caro! Não há pessoas jovens com iniciativa, e os antigos já estão velhos... Não há mais aquela animação. Eu, quando era jovem, não gostava quando a sociedade se aborrecia... Fui o ajudante número um de sua Anna Pávlovna... Quando se tratava de organizar uma festa beneficente, uma rifa, ou de apoiar um visitante famoso, eu largava tudo para ajudá-la. Eu me lembro de um inverno em que me empenhei tanto, corri tanto para conseguir as coisas, que até adoeci... Esse inverno eu não esqueço. O senhor se lembra do espetáculo que fizemos, eu e sua Anna Pávlovna, em benefício das vítimas do incêndio?

– Em que ano foi isso?

– Não faz muito tempo... Em 79... Não, em 80, me parece! Diga-me, quantos anos tem o seu Vânia?

– Cinco! – grita de seu escritório Anna Pávlovna.

– Então quer dizer que isso foi há seis anos atrás... É verdade, meu caro, que tempos aqueles! Hoje já não é a mesma coisa! Não há aquele fogo!

Lópnev e Charamýkin ficam pensativos. A lenha solta fagulhas pela última vez e transforma-se em cinzas.

23 de fevereiro de 1885

A carteira

Numa bela manhã, três atores itinerantes, Smirnov, Popov e Balabáikin, caminhavam pelos dormentes da estrada de ferro quando encontraram uma carteira de dinheiro. Para sua grande surpresa e satisfação, eles viram dentro dela vinte notas bancárias, seis bilhetes de loteria premiados convertidos em títulos do tesouro e um cheque de três mil rublos. A primeira coisa que fizeram foi gritar "Hurra!"; depois, sentaram-se num barranco e deram vazão ao entusiasmo.

– Quanto vai dar para cada um? – disse Smirnov, contando o dinheiro. – Céus! Cinco mil quatrocentos e quarenta e cinco rublos! Queridinhos, pode-se morrer com tanto dinheiro!

– Estou feliz, mas não é tanto por mim, e sim por vocês, meus queridos – disse Balabáikin. – Vocês agora não vão passar fome nem andar descalços. Estou feliz pela arte. Antes de qualquer coisa, manos, vou a Moscou, lá vou procurar diretamente Aia e lhe direi: "Faça-me um guarda-roupa completo, irmão...". Não quero mais fazer papel de *paysan*[1], daqui em diante vou representar janotas e espertalhões. Vou comprar uma cartola e um chapéu claque. Para os janotas, a cartola deve ser cinzenta.

– Agora seria bom beber e comer para festejar – observou o *jeune premier*[2] Popov. – Afinal, há quase três dias que só comemos pão seco. Agora poderíamos comer alguma coisa especial... Hein?

– É, não seria nada mau, meus queridinhos... – concordou Smirnov. – Temos muito dinheiro e nada para comer, meus preciosos. Popov, filhinho, você é o mais novo e o mais leve; pegue um rublo da carteira e vá buscar comida, meu anjinho... Lá longe está a aldeia! Está vendo, atrás daquele morro, uma igreja branca? Não deve ser mais do que cinco verstas... Está vendo? É uma aldeia grande, você vai encon-

1. Morador de vilas (do francês *paysan*). (N.A.)

2. Ator que interpreta o papel principal de amante, galã. (N.A.)

trar de tudo lá... Compre uma garrafa de vodca, uma libra de salame, dois pães e arenque, e nós vamos ficar aqui esperando, meu amiguinho querido...

Popov pegou um rublo e se preparou para a caminhada. Com lágrimas nos olhos, Smirnov o abraçou e o beijou três vezes e lhe deu a bênção, chamando-o de queridinho, anjinho, amiguinho... Balabáikin também o abraçou e lhe jurou amizade eterna, e, depois de toda uma série de demonstrações de afeto das mais sentidas e tocantes, Popov desceu do barranco e tomou a direção da aldeia, que se destacava como traços escuros ao longe.

"Que grande felicidade!", pensava ele enquanto caminhava. "Eu não tinha um tostão, agora estou rico. Vou-me embora para a minha Kostromá, vou reunir uma trupe e construir lá o meu teatro. Apesar de que... hoje em dia, com cinco mil não se constrói nem um galpão decente. Mas, se a carteira toda fosse minha, aí era outra coisa... Eu faria um teatro tão bom, tão bonito, de tirar o chapéu. Para ser sincero, Smirnov e Balabáikin – que espécie de atores eles são? Pura falta de talento, porcos de chapéu, estúpidos... Eles vão esbanjar o dinheiro com besteiras. Já eu faria algo útil pela pátria e ainda me tornaria imortal... Vou fazer o seguinte: vou colocar veneno na vodca. Eles morrem, mas em compensação em Kostromá vai haver um teatro como nunca se viu igual na Rússia. Alguém disse, parece que foi Mac-Mahon[3], que os fins justificam os meios, e Mac-Mahon foi um grande homem."

Enquanto ele caminhava e raciocinava dessa maneira, seus companheiros Smirnov e Balabáikin continuavam sentados e mantinham a seguinte conversação:

– Nosso amigo Popov é um ótimo rapaz – dizia Smirnov com lágrimas nos olhos. – Gosto dele, aprecio profundamente seu talento, sou seu admirador, mas... sabe de uma coisa? Esse dinheiro vai destruí-lo... Ou ele vai gastar tudo em bebida, ou vai fazer negócios ilícitos e vai acabar mal. Ele é tão jovem que ainda é cedo para ter seu próprio dinheiro. É o que eu penso, meu querido, meu amigo do peito...

---

3. Edme Patrice Maurice Mac-Mahon (1808-1893), militar e político francês, de tendência conservadora. De 1873 a 1879 foi presidente da França. (N.T.)

– É verdade – concordou Balabáikin, dando um beijo em Smirnov. – Para que esse garoto precisa de dinheiro? Quanto a nós dois, é diferente... Temos família, somos pessoas de bem, positivas. Sabe de uma coisa, irmão? Não vamos gastar tempo com conversas e sentimentalismos: vamos acabar com ele!...Então você e eu ficamos com oito mil. Nós o matamos, depois, em Moscou, diremos que ele caiu debaixo do trem. Eu também gosto dele, tenho adoração, mas o interesse da arte deve vir em primeiro lugar. Além do mais, ele não tem talento e é burro como esse dormente.

– Mas o que você está dizendo? – exclamou Smirnov, assustado. – Ele é tão legal, honesto... Embora, por outro lado, para dizer a verdade, meu querido, é um verdadeiro porco, bur-r-ro, intrigante, fofoqueiro, pilantra. Se nós realmente o matarmos, ele mesmo vai nos agradecer, meu caro amigo, meu querido... E, para que ele não fique muito magoado, em Moscou vamos publicar nos jornais um necrológio bem tocante. Será uma atitude de colegas.

Dito e feito... Quando Popov voltou da aldeia com as provisões, os companheiros o abraçaram e beijaram com lágrimas nos olhos, teceram-lhe elogios, disseram que ele era um grande artista. Depois, de repente, o atacaram e mataram. Para esconder os vestígios do crime, colocaram o cadáver sobre os trilhos... Após dividirem entre si o achado, Smirnov e Balabáikin, cheios de tristeza, puseram-se a comer, inteiramente convencidos de que seu crime permaneceria impune... Mas a virtude sempre triunfa e o pecado é castigado. O veneno que Popov havia colocado na garrafa de vodca era daqueles violentos: os amigos não tiveram nem tempo de tomar um segundo gole e já estavam caídos sem vida sobre os dormentes... Uma hora depois, os corvos já estavam voando sobre eles, grasnando.

Moral da história: quando atores com lágrimas nos olhos falam sobre seus queridos colegas, sobre a amizade e "solidariedade" mútua, quando eles te beijam e abraçam, não te animes muito.

24 de maio de 1885

CRIMINOSO INTENCIONAL

Diante do juiz de instrução, está de pé um pequeno mujique extraordinariamente magro, de camisa colorida e calças remendadas. Seus olhos e seu rosto cheio de marcas de varíola e coberto de pelos mal se veem por causa das sobrancelhas grossas e compridas, e têm uma expressão sombria e severa. Na sua cabeça, os cabelos embaraçados, que há muito não são penteados, formam algo parecido com um gorro, o que lhe dá uma aparência ainda maior de severidade, como uma aranha. Está descalço.

– Denis Grigóriev! – inicia o juiz. – Chegue mais perto e responda às minhas perguntas. No dia 7 de julho deste ano o vigia da estrada de ferro Ivan Semiônovitch Akínfov, ao passar de manhã pela linha do trem, na versta 141, encontrou você desatarraxando uma das porcas que prendem os trilhos aos dormentes. Aqui está ela, esta porca!... Por causa desta porca ele o prendeu. Foi isso mesmo que aconteceu?

– Ahn?

– Foi assim mesmo, como explicou Akínfov?

– Claro que foi.

– Muito bem, então diga: para que você desatarraxou a porca?

– Ahn?

– Pare com o seu "Ahn" e responda à pergunta: para que você desatarraxou a porca?

– Se não precisasse, não desatarraxava – diz com voz rouca Denis, com os olhos no teto.

– Mas para que você precisava desta porca?

– Essa porca? A gente faz chumbada com ela...

– A gente quem?

– A gente, ué, o povo... Os mujiques de Klímov, quero dizer.

– Escute, meu rapaz, não se faça de idiota para mim,

fale direito. Aqui não é local para inventar mentiras a respeito de chumbadas.

– Nunca menti na minha vida, e aqui dizem que estou mentindo... – murmura Denis, piscando os olhos. – Vossa Excelência, dá pra pescar sem chumbada? Se alguém prende no anzol uma isca viva ou uma minhoca, acha que ela vai afundar sem chumbada? E sou eu que estou mentindo... – diz Denis com um risinho irônico. – Que serventia tem se a isca viva fica boiando na superfície? A perca, o lúcio e a donzela ficam todos no fundo, e se algum peixe nada na superfície, é só o barbo, e mesmo assim é raro... Nosso rio não tem barbo... Esse peixe gosta de muito espaço.

– E para que você está me falando de barbo?

– Ahn? Mas foi o senhor mesmo que perguntou! Lá onde eu moro os patrões também pescam assim. E nem o moleque mais pequenininho vai pescar sem chumbada. É claro que quem não entende nada do assunto vai pescar sem chumbada. Para o tolo não se escreve lei...

– Quer dizer que você desatarraxou essa porca para fazer uma chumbada com ela?

– Mas para que havia de ser? Não havia de ser para o jogo de pedrinhas.

– Mas para fazer chumbada você poderia ter arranjado um pedaço de chumbo, uma bala, um prego qualquer...

– Ninguém acha um pedaço de chumbo na estrada, é preciso comprar, e prego não serve. Não existe nada melhor do que porca... É pesada e tem furo.

– Está bancando o bobo comigo! Como se tivesse nascido ontem ou caído do céu. Será que você não entende, cabeça-tonta, o que você pode causar desatarraxando porcas? Se o vigia não tivesse visto, o trem poderia descarrilar, pessoas poderiam morrer! Você mataria essas pessoas!

– Deus me livre, Excelência! Para que matar? Por acaso somos pagãos ou monstros? Graças a Deus, meu bom senhor, em toda nossa vida não só nunca matamos ninguém, como nem nos passou pela cabeça uma ideia desse tipo... Que a rainha do céu nos salve e proteja! O que o senhor está dizendo, senhor!

– E por que, na sua opinião, acontecem os descarrilamentos? Basta tirar duas ou três porcas, e você terá um desastre!

Denis solta uma risadinha e olha para o juiz com os olhos semicerrados.

– Qual nada! Já faz um tempão que na nossa aldeia a gente tira as porcas e Deus nos protegeu, e agora vem o senhor com desastres, pessoas mortas... Se eu tirasse um trilho ou colocasse um tronco atravessado no caminho dele, aí sim, era possível descarrilar o trem. Mas, só isso? Uma porca?

– Mas entenda: é com as porcas que se prendem os trilhos aos dormentes!

– Isso nós entendemos... A gente não tira todas... Deixamos algumas... Usamos a cabeça... A gente entende...

Denis boceja e faz uma cruz sobre sua boca.

– Aqui, no ano passado, um trem saiu dos trilhos – diz o juiz. – Agora dá para entender por quê...

– O que o senhor disse?

– Eu disse que agora dá para entender por que, no ano passado, um trem saiu dos trilhos... Estou entendendo!

– Ah, os senhores estudaram, por isso têm compreensão, são nossos defensores... Deus sabe a quem dar inteligência. O senhor analisou: o que, como; já o vigia, ele é um mujique também, sem nenhuma compreensão, ele agarra pelo pescoço e arrasta... É preciso analisar para depois arrastar! É por isso que dizem: se é mujique, pensa como mujique. Anote aí, Excelência: ele me bateu duas vezes nos dentes e no peito.

– Quando fizeram busca na sua casa, encontraram mais uma porca... Em que lugar e quando você desatarraxou essa porca?

– O senhor está falando daquela porca que estava debaixo do bauzinho vermelho?

– Não sei onde ela estava, sei apenas que a encontraram. Quando você a desatarraxou?

– Eu não desatarraxei ela, foi o Ignachka, filho do Semion zarolho, que me deu. Eu estava falando da que estava debaixo do bauzinho; já aquela que estava no pátio, dentro do trenó, eu desatarraxei junto com Mitrofan.

– Com qual Mitrofan?

– Mitrofan Petrov... O senhor nunca ouviu falar dele? Faz redes na nossa aldeia e vende para os ricos. Ele precisa de muitas porcas dessas. Em cada rede vão umas dez porcas...

– Escute... O artigo 1.081 do código penal diz que se há qualquer danificação à estrada de ferro executada deliberadamente e que possa pôr em risco o transporte por essa via, e se o culpado sabia que as consequências disso seriam desastrosas... Está entendendo? Se ele sabia! E você não poderia não saber a que levaria desatarraxar a porca... O culpado será sentenciado ao exílio e a trabalhos forçados.

– É claro que o senhor sabe melhor do que nós... Somos gente ignorante... Por acaso entendemos alguma coisa?

– Você entende tudo! Está mentindo, está fingindo!

– Para que mentir? O senhor pergunte na aldeia, se não acredita... Sem chumbada só se pesca alburno ou, pior ainda, gobião, e mesmo este você não pega sem chumbada.

– Conte mais sobre o barbo! – diz o juiz, rindo.

– Aqui não existe barbo. A gente joga a linha sem chumbada sobre a água com uma borboleta como isca, vem um bagrinho, mas isso também é raro.

– Bom, fique calado...

Faz-se silêncio. Denis se apoia ora numa perna, ora na outra, olha para a mesa forrada de lã verde e pisca com força, como se estivesse vendo diante de si não uma lã verde, mas o sol. O juiz escreve com rapidez.

– Posso ir? – pergunta Denis após certo tempo de silêncio.

– Não. Eu devo mandar prendê-lo e enviá-lo para a cadeia.

Denis para de piscar e, levantando suas densas sobrancelhas, olha interrogativamente para o magistrado.

– Mas como? Por que para a cadeia? Excelência! Eu não posso, preciso ir à feira; preciso receber três rublos do Iegor, pelo toucinho...

– Cale-se, não atrapalhe...

– Para a cadeia... Se tivesse um motivo, eu ia, mas assim... Mas será possível? Por quê? Eu não roubei, parece, não briguei com ninguém... E se o senhor tem dúvida quanto ao atraso no pagamento do imposto, Excelência, não acredite no chefe da aldeia... Pergunte ao senhor coletor. Aquele chefe da aldeia não é cristão...

– Cale-se!

– Mas eu estou calado... – murmura Denis. – Mas que o chefe da aldeia disse um monte de mentiras no relatório, eu afirmo até sob juramento... Somos três irmãos: Kuzmá Grigóriev, Iegor Grigóriev e eu, Denis Grigóriev...

– Você está me atrapalhando... Ei, Semion! – grita o juiz. – Leve-o!

– Somos três irmãos – balbucia Denis, quando dois soldados grandalhões o pegam e levam para fora do recinto. – Um irmão não é responsável pelo outro... Kuzmá não paga e você, Denis, responda por ele... Juízes! Morreu o finado general, nosso patrão, que Deus o tenha, senão ele ia mostrar aos senhores juízes... É preciso julgar com sabedoria, e não assim, de qualquer jeito... Podem até açoitar, mas com um motivo, com justiça...

24 de julho de 1885

A VISITA

Ceninha

Os olhos do encarregado de negócios Zeltérski estavam se fechando de sono. A natureza em volta mergulhava na escuridão. A brisa silenciou, o coro dos passarinhos se calou, o gado foi dormir. A esposa de Zeltérski há muito havia se deitado, a criadagem também dormia; tudo que era vivo adormecera. Apenas Zeltérski não podia se recolher ao seu quarto, embora tivesse um peso pendurado em cada uma de suas pálpebras. Acontece que na sua casa havia uma visita, um seu vizinho de casa de campo, o coronel da reserva Peregárin. Desde que chegara, logo após o almoço, ele se sentara no divã e não havia se levantado nem uma vez, como se estivesse grudado ali. Continuava ali sentado e, com uma voz rouca e fanhosa, contava que em 1842, na cidade de Krementchug[1], ele foi mordido por um cão raivoso. Terminava de contar e começava de novo a narrar a história. Zeltérski estava agoniado e tentava de tudo para fazer a visita ir embora. Olhava a todo instante para o relógio, queixava-se de dor de cabeça e volta e meia saía da sala onde estava o visitante, mas nada adiantava. O vizinho não entendia e continuava a falar do cão raivoso.

"Esse velhote vai ficar aí sentado até de manhã!", pensava Zeltérski, irado. "Que palerma! Bom, se ele não entende as insinuações comuns, então vai ser preciso pôr em ação métodos mais grosseiros."

– Ouça – disse ele em voz alta –, o senhor sabe por que eu gosto da casa de campo?

– Por quê?

– Porque aqui podemos ter uma vida regular. Na cidade é difícil manter qualquer rotina definida, mas aqui é o contrário. Levantamos às nove, às três almoçamos, às dez

1. Cidade da Ucrânia. (N.T.)

jantamos, à meia-noite vamos dormir. Eu sempre me deito às doze horas. Deus me livre de deitar mais tarde: no outro dia não consigo me livrar da enxaqueca!

– Não diga!... Cada um tem seus hábitos, é verdade. Eu tinha um conhecido, sabe, um certo Kliúchkin, capitão do estado-maior. Eu o conheci em Serpukhov[2]. Pois bem, esse tal de Kliúchkin...

E o coronel, gaguejando, fazendo uns estalinhos com a boca e gesticulando com os dedos gorduchos, pôs-se a contar a respeito de Kliúchkin. O relógio bateu as doze, o ponteiro já se movia na direção da meia-noite e meia, mas ele continuava a falar. Zeltérski já estava suando.

"Não entende! Burro!", irritava-se. "Será que ele pensa que sua visita me dá prazer? Bem, mas como me livrar dele?"

– Escute – disse ele, interrompendo o coronel –, o que devo fazer? Estou com uma terrível dor de garganta! Por artes do demônio, fui hoje de manhã à casa de um conhecido que tem um filho doente de difteria. Provavelmente eu me contagiei. Estou sentindo que peguei a doença. Estou com difteria!

– Acontece! – exclamou Peregárin, sem se abalar.

– Essa doença é perigosa! Já não basta eu estar doente, ainda posso passar para os outros. É uma doença altamente contagiosa! Espero não passar para o senhor, Parfêni Sávvitch.

– Para mim?! Hê-hê! Vivi algumas vezes em hospitais para tifosos e não peguei tifo, e agora, de repente, vou me contagiar na sua casa! He-hê... Eu, um talo de repolho velho, nenhuma doença me pega. Os velhos são resistentes. Na nossa brigada tínhamos um velhinho tão velhusco, o subcoronel Trebien... era descendente de franceses. Bem, mas esse Trebien...

E Peregárin começou a contar a respeito da vitalidade de Trebien. O relógio bateu meia-noite e meia.

– Desculpe se o interrompo, Parfêni Sávvitch – gemeu Zeltérski. – A que horas o senhor dorme?

---

2. Cidade às margens do rio Oká, na Rússia. (N.T.)

– Às vezes às duas, às vezes às três, e acontece também que eu nem me deito, especialmente se tenho uma boa companhia ou se meu reumatismo me ataca. Hoje, por exemplo, vou dormir lá pelas quatro horas, porque tirei uma boa soneca antes do almoço. Agora eu poderia até não dormir. Na guerra a gente não se deitava durante semanas inteiras. Houve uma ocasião assim. Estávamos acampados perto de Akhaltsykh[3]...

– Perdoe-me. Já quanto a mim, sempre me deito à meia-noite. Levanto às dez horas, de modo que sou obrigado a deitar mais cedo.

– É claro. Acordar cedo é bom para a saúde. Mas, então... Nós estávamos acampados perto de Akhaltsykh...

– Mas que diabo será isto? Estou com calafrios e com ondas de calor. Eu sempre tenho isso antes de uma crise. Preciso dizer ao senhor que eu costumo ter uns ataques de nervos muito estranhos. Geralmente isso me acontece lá pela uma hora da manhã... Durante o dia não tenho esses ataques... De repente começa um ruído na minha cabeça: zzz... Eu perco a consciência, dou um salto e começo a jogar nas pessoas o que estiver à mão. Se for uma faca, eu atiro a faca; se for uma cadeira, atiro a cadeira. Agora estou tendo calafrios. Deve ser dos que vêm antes da crise. Começa sempre com calafrios.

– Que coisa! O senhor devia se tratar!

– Já me tratei, mas não adianta... Agora me limito a prevenir os conhecidos e os familiares para que saiam de perto de mim pouco antes do início do ataque, e o tratamento, eu já abandonei faz tempo...

– Ora, veja só... Quantas doenças diferentes existem no mundo! Peste, cólera, ataques de vários tipos...

O coronel balançou a cabeça e ficou pensativo. Fez-se silêncio.

"Acho que vou ler para ele minha obra", pensou Zeltérski. "Em algum lugar deve estar aquele romance que escrevi ainda no ginásio... Quem sabe vai servir para alguma coisa..."

---

3. Cidade da Geórgia. (N.T.)

– Ah, a propósito – disse Zeltérski, interrompendo os pensamentos de Peregárin –, quer que eu leia para o senhor uma obra minha? Uma coisa que eu rabisquei nas horas vagas... É um romance em cinco partes, com prólogo e epílogo...

Sem esperar uma resposta, Zeltérski levantou-se bruscamente e tirou da gaveta um manuscrito velho e amarelado, com um título em letras graúdas: "*Maré morta* – Romance em cinco partes".

"Agora ele é capaz de ir embora", sonhava Zeltérski, folheando os pecados de sua juventude. "Vou ler para ele até que comece a uivar..."

– Então ouça, Parfêni Sávvitch...

– Com prazer... Eu gosto...

Zeltérski começou a leitura. O coronel colocou uma perna sobre a outra, sentou-se mais confortavelmente e ficou com uma cara séria, pelo visto preparando-se para ouvir durante muito tempo e com toda a atenção... O autor começou com a descrição da natureza. Quando o relógio deu uma hora, a natureza cedeu lugar à descrição do castelo em que vivia o herói do romance, o conde Valentin Blênski.

– Gostaria de morar num castelo como esse! – suspirou Peregárin. – E como está bem escrito! Poderia passar a vida toda ouvindo!

"Mas espere um pouco!", pensou Zeltérski. "Vai começar a uivar!"

À uma e meia o castelo cedeu lugar à aparência do herói... Às duas em ponto, o autor lia com uma voz baixinha e imperceptível:

– "A senhora pergunta o que eu desejo? Oh, eu desejo que lá, ao longe, sob a abóboda do céu meridional, sua pequena mãozinha estremeça dentro da minha mão... Somente lá, lá, mais vivamente baterá meu coração, sob a abóboda do meu edifício espiritual... Amor, amor!..." Não, Parfêni Sávvitch, não tenho mais forças... Estou exausto!

– Então largue isso! Amanhã o senhor termina de ler, agora vamos conversar... Pois é, eu não contei ao senhor o que aconteceu perto de Akhaltsykh...

Exausto, Zeltérski soltou seu corpo no divã, fechou os olhos e ficou escutando...

"Tentei todos os meios possíveis", pensava ele. "Nenhuma bala foi capaz de furar esse mastodonte. Agora ele vai ficar aqui sentado até as quatro horas... Ó Deus, eu daria cem rublos para neste minuto cair no sono... Já sei! Vou pedir a ele dinheiro emprestado! Esse método é prodigioso..."

– Parfêni Sávvitch – disse Zeltérski, cortando a fala do coronel –, vou interrompê-lo mais uma vez. Eu queria pedir um pequeno favor ao senhor... Acontece que ultimamente, morando aqui no campo, eu fiz gastos enormes. Estou sem um copeque, mas no final de agosto devo receber um dinheiro.

– Pensando bem... acho que já demorei demais... – disse Peregárin bufando, enquanto procurava com os olhos seu quepe. – Já passa das duas horas... Sobre o que mesmo o senhor estava falando?

– Queria pedir um empréstimo de uns duzentos ou trezentos rublos... O senhor não conhece alguém a quem eu possa pedir?

– Como eu poderia conhecer? Mas... acho que é hora de dizer *bye-bye*... Fique com saúde... Lembranças à sua esposa...

O coronel pegou o quepe e deu um passo na direção da porta.

– Aonde o senhor vai? – disse triunfalmente Zeltérski. – Mas eu queria lhe perguntar... Conhecendo sua bondade, tinha esperança de que...

– Amanhã; agora devo voltar para a minha esposa! Na certa está esperando o seu amor do coração... Hê-hê-hê... Até mais ver, meu anjo... É hora de dormir!

Peregárin apertou rapidamente a mão de Zeltérski, colocou o quepe e saiu. O dono da casa saboreou a vitória.

5 de agosto de 1885

Não há vaga

O candidato a doutor em ciências jurídicas Perepélkin estava no seu quarto de pensão, escrevendo:

"Querido tio Ivan Nikoláievitch!

O diabo que o carregue com suas cartas de recomendação e conselhos práticos! É mil vezes mais nobre e humano ficar sem fazer nada e alimentar-se de esperanças quanto ao futuro nebuloso do que mergulhar na sujeira fria e fétida na qual você me empurra com suas cartas e conselhos. Estou nauseado até não suportar mais, como se tivesse me intoxicado com peixe. Essa náusea é a mais infame, cerebral, da qual ninguém se livra nem com vodca, nem dormindo com meditações salvadoras. Saiba, titio, que, embora o senhor seja velho, é um grande patife. Por que você não me preveniu de que eu teria de passar por tais canalhices? Que vergonha!

Vou descrever para você todas as minhas provações. Leia e sinta remorsos! A primeira coisa que fiz foi procurar Bábkov, com sua carta de recomendação. Encontrei-o na diretoria da sociedade ferroviária N. É um velhote pequeno, completamente careca, com uma cara amarelo-acinzentada, sem barba e com a boca torta. Seu lábio superior olha para a direita, e o inferior, para a esquerda. Fica sentado numa cadeira, isolado, lendo jornal.

Ao seu redor, como se ele fosse Apolo no Parnaso, em altas banquetas comerciais estão sentadas algumas damas, atrás de uns livros grossos. Essas senhoras se vestem com apuro e elegância, com anquinhas, leques, braceletes maciços. Como elas conseguem conciliar a aparência chique com os miseráveis salários femininos, é difícil entender. Ou elas trabalham ali por falta do que fazer, por capricho, graças à proteção de papais e titios, ou então a tesouraria serve apenas de complemento, e o sujeito e o predicado estão subentendidos. Depois eu soube que elas não fazem coisíssima nenhuma; o trabalho delas recai nas costas de alguns servidores extranumerários, homens sem voz, que recebem dez ou quinze rublos por mês. Eu entreguei sua carta a Bábkov. Sem me convidar para sentar, ele lentamente colocou no nariz um pincenê pré-diluviano, mais lentamente ainda abriu o envelope e começou a ler.

– Seu tio está pedindo uma colocação para o senhor – disse ele, coçando a careca. – Não temos vagas e dificilmente em breve haverá, mas, em todo caso, por seu tio, vou tentar... Vou comunicar ao diretor de nossa companhia. Pode ser que encontremos alguma coisa.

Por pouco não pulei de alegria, e já estava prestes a me desmanchar em agradecimentos, meu irmão, quando de repente escuto a seguinte frase:

– Contudo, meu jovem, se esse emprego fosse para seu tio mesmo, eu não cobraria nada, mas, como é para o senhor, nesse caso... estou certo de que serei recompensado condignamente... Está me entendendo?

Você tinha me prevenido de que de graça não me dariam um emprego, de que teria de pagar, mas você não me disse nem uma palavra a respeito de que essa imunda compra e venda acontece publicamente, em altas vozes, sem nenhum pudor... Diante de senhoras! Ah, tio, tio! As últimas palavras de Bábkov me deixaram tão aturdido que quase morri de asco. Fiquei com vergonha, como se fosse eu que estivesse cobrando propina. Fiquei vermelho, balbuciei uma besteira qualquer e, escoltado por vinte olhos femininos sorridentes, retrocedi para a saída. No vestíbulo, um personagem sombrio, macilento, me alcançou e sussurrou que era possível conseguir um emprego sem o auxílio de Bábkov.

– Dê-me cinco rublos e eu levo o senhor a Zakhar Medóvitch. Embora ele não trabalhe, pode conseguir um emprego. E não cobra muito por isso: metade do salário durante o primeiro ano.

Eu deveria ter cuspido, gracejado, mas agradeci, fiquei confuso e, sentindo como se tivesse levado um bofetão, desci correndo as escadas. Saindo de Bábkov, fui procurar Chmakóvitch. É um gordinho macio, fofo, com uma fisionomia bondosa, vermelha, e olhos pequenos e melosos.

Seus olhinhos são tão melosos que começam a causar enjoo, e você chega a pensar que eles foram untados com óleo de rícino. Ao saber que eu era seu sobrinho, ficou terrivelmente alegre e pôs-se até a relinchar de satisfação. Abandonou seu trabalho e veio me oferecer um chá. Um amor de pessoa! O tempo todo ele examinava meu rosto e procurava semelhanças com você. Ficou se lembrando de você cheio de lágrimas. Quando eu recordei a ele o objetivo de minha visita, ele deu um tapinha no meu ombro e disse:

– Que coisa aborrecida falar de trabalho agora... O trabalho não é um urso que vá fugir para a floresta. Onde o senhor almoça? Se para o senhor é indiferente onde almoçar, vamos então para o restaurante de Pálkin. Lá conversaremos.

Junto com esta carta vai anexa a conta de 76 rublos do restaurante de Pálkin, onde, como o senhor verá, seu amigo Chmakóvitch comeu e bebeu, revelando-se um grande *gourmet*. Quem pagou a conta fui eu, naturalmente. Do restaurante, Chmakóvitch me arrastou para o teatro. Eu comprei os ingressos. Que mais? Depois do teatro, o seu pilantra sugeriu que nós fôssemos passear fora da cidade, mas eu recusei, pois já estava quase sem dinheiro. Ao se despedir, Chmakóvitch me mandou saudá-lo em seu nome e comunicar que ele não poderá me conseguir um emprego antes de uns cinco meses.

– Não lhe arranjo um emprego de propósito! – brincou ele, com condescendência, dando-me um tapinha na barriga. – E por que o senhor, que tem nível universitário, quer tanto trabalhar na nossa companhia? Deveria mesmo era entrar para o serviço público!

– Não preciso do senhor para saber disso. Então consiga-me um emprego público!

Com a sua terceira carta fui procurar seu compadre Khalátov, na diretoria da estrada de ferro Jivodero-Khâmskaia. Aí aconteceu uma coisa nojentérrima, que botou no chinelo tanto Bábkov como Chmakóvitch. Vou lhe repetir: vá para o diabo! Estou nauseado até não poder mais, e o culpado é você... Seu Khalátov não estava. Quem me recebeu foi um tal de Odekolônov, uma figura descarnada, macilenta, com uma cara furada de varíola e uma expressão de jesuíta. Ao saber que eu procurava um emprego, ele me fez sentar e me deu uma verdadeira aula sobre as dificuldades que existem hoje para se conseguir um emprego. Terminada a aula, ele prometeu que ia transmitir meu pedido, esforçar-se, recomendar etc. Lembrando-me do seu conselho – enfiar dinheiro onde puder – e vendo que a cara bexiguenta não era contra suborno, ao me despedir meti-lhe na mão uma nota. A mão receptora apertou meu dedo, a cara se arreganhou num sorriso e seguiu-se nova enxurrada de promessas, mas... Odekolônov olhou em volta e viu que atrás dele havia estranhos, que não poderiam ter deixado de notar o aperto de mão. O jesuíta ficou preocupado e murmurou:

– Prometo-lhe arranjar um emprego, mas... não aceito gratificações... Não, não! Assim o senhor me ofende...

Então ele abriu o punho e me devolveu o dinheiro, mas não a nota de 25 rublos que eu tinha enfiado na sua mão, e sim uma de três rublos. Como ele fez essa mágica? Esses demônios devem ter dentro da manga um verdadeiro sistema de molas e barbantes, pois, de outro modo, eu não posso entender a transformação da minha pobre nota de 25 rublos naquela lamentável nota de três rublos.

Relativamente certinho e correto me pareceu o objeto da quarta carta de recomendação – Gryzodúbov.

É um rapaz ainda novo, com postura aristocrática, vestido com elegância. Recebeu-me amavelmente, embora com evidente preguiça e falta de vontade. Pela conversa que tivemos fiquei sabendo que ele também terminou a universidade e, no seu tempo, também lutou por um pedaço de pão, debatendo-se como um peixe no gelo. Recebeu meu pedido com muita solidariedade, ainda mais porque é seu sonho dileto ter funcionários instruídos... Já estive lá três vezes, e em todas ele não me disse nada definido. Parece que hesita, fica embatucado, evita respostas diretas, como se estivesse envergonhado ou indeciso... Eu dei a você minha palavra de que não cairia em sentimentalismos. Você, naquela ocasião, me afirmou que todos os trapaceiros têm postura aristocrática e uma altivez cavalheiresca... Pode ser que isso seja verdade, mas tente distinguir os trapaceiros das pessoas honestas.

Pode cair numa esparrela, da qual vai suar para sair... Hoje fui procurar Gryzodúbov pela quarta vez... Como sempre, ele hesitou e não disse nada preciso... Eu explodi... O diabo me fez lembrar de que eu lhe dera minha palavra de honra de que distribuiria dinheiro a todos, sem exceção, e foi como se alguém tivesse empurrado meu cotovelo... Assim como as pessoas decidem mergulhar na água fria ou escalar alturas, eu também resolvi arriscar e mergulhar.

– Ah, seja o que Deus quiser! – decidi. – Uma vez na vida pode-se tentar.

Resolvi arriscar, não tanto pelo emprego, quanto pela novidade da sensação. Pelo menos uma vez na vida, eu pensava, vou ver qual o efeito que tem nas pessoas honestas a "gratidão"! Mas minha "sensação" foi um fiasco. Agi de maneira desajeitada, metendo os pés pelas mãos. Tirei do bolso meu dinheirinho e, corando, tremendo de cima a baixo, esperei o momento em que Gryzodúbov não estava olhando e coloquei-o sobre a mesa. Felizmente, naquele instante ele pôs sobre a mesa alguns livros, cobrindo as notas. Assim, a tentativa gorou... Gryzodúbov não viu o dinheiro... Ele deve estar perdido entre os papéis ou será roubado pelos seguranças... E, se ele o encontrar, com certeza ficará ofendido... É isso aí, *mon oncle*[1]... O dinheiro está perdido e eu me sinto envergonhado... dolorosamente envergonhado! E você com seus conselhos práticos! Você me corrompeu... Vou interromper a carta porque estão tocando a campainha... Vou abrir a porta...

Acabo de receber uma carta de Gryzodúbov. Ele escreveu que no controle de cobranças de mercadorias há uma vaga com salário de sessenta rublos por mês. Isso significa que ele viu o meu dinheirinho."

18 de novembro de 1885

1. Meu tio. (N.A.)

Um empresário debaixo do divã

História de bastidores

Na metade da apresentação do *Vaudevile com troca de roupas*, Klávdia Matvêievna Dólskaia-Kautchukova, uma jovem e simpática atriz dedicada com ardor à sua arte, correu ao seu camarim e começou a arrancar a roupa de cigana para num piscar de olhos vestir um traje de hussardo. A fim de evitar pregas indesejáveis e para que a fantasia ficasse bem esticada e bonita, a talentosa atriz resolveu livrar-se de tudo o que trazia, sem deixar nada, e vestir a roupa sobre o traje de Eva. Então, quando já estava despida e encolhida por causa do friozinho que fazia, e já começava a alisar as calças justas de hussardo, ouviu alguém suspirar. Ela arregalou os olhos e ficou ouvindo. Novamente alguém suspirou, e até pareceu que sussurrava:

– Ai, meus pecados... Oooh...

Intrigada, a atriz olhou ao redor e, não vendo nada suspeito no camarim, por via das dúvidas resolveu dar uma espiada no seu único móvel – o divã. E então, sob o divã, ela viu uma longa figura humana.

– Quem está aí? – gritou ela, afastando-se aterrorizada do divã e cobrindo-se com o casaco de hussardo.

– Sou... eu... eu... – ouviu-se debaixo do divã um sussurro entrecortado. – Não tenha medo, sou eu... Pssss!

Naquele sussurro, que lembrava o chiado de uma frigideira, a artista não teve dificuldade em reconhecer a voz do empresário Indiúkov[1].

– É o senhor? – exclamou ela embaraçada, corando como uma peônia. – Como... como o senhor ousa? Quer dizer que o senhor, velho canalha, estava aí deitado o tempo todo? Era só o que faltava!

1. Sobrenome formado a partir da palavra *indiuk*, peru. (N.T.)

– Minha querida... meu anjinho! – sussurrou Indiúkov, botando sua cabeça calva para fora do divã. – Não fique zangada, minha joia! Pode me matar, pisar em mim, como se eu fosse uma cobra, mas não faça barulho! Eu não vi nada, não estou vendo e não quero ver. Você nem precisava se cobrir, minha flor, minha beleza sem par! Acredite neste velho que já está com um pé na cova! Não tenho outra razão para estar aqui, a não ser tentar me salvar! Estou perdido! Veja: meus cabelos estão arrepiados! Chegou de Moscou um certo Prýndin, marido de minha Gláchenka. Ele está andando pelo teatro à minha procura, para me matar. É terrível! E, além do caso com Gláchenka, eu devo a esse meu carrasco cinco mil rublos!

– E eu com isso? Saia já daqui, senão eu... eu não sei o que posso fazer com o senhor, seu cafajeste...

– Psss! Queridinha, psss! Eu lhe peço de joelhos, arrasto-me a seus pés, se quiser! Onde posso me esconder dele, a não ser aqui? Em qualquer outro lugar ele me acharia, mas aqui não ousará entrar! Por favor, eu lhe imploro! Por favor, eu lhe peço! Há duas horas atrás eu o vi! Eu estava em pé atrás dos bastidores durante o primeiro ato. Olho, e lá vai ele da plateia para o palco.

– Então quer dizer que o senhor já estava deitado aqui durante o drama? – disse a atriz, horrorizada. – E... e o senhor viu tudo?

O empresário começou a chorar.

– Estou tremendo! Tremendo como vara verde! Minha querida, estou tremendo! O maldito vai me matar! Pois ele já atirou uma vez em mim, lá em Níjni[2]... Saiu até nos jornais!

– Ah... Mas isso é insuportável! Vá embora, eu preciso me vestir para entrar em cena! Saia já daqui, senão eu... eu vou gritar, vou chorar alto... Atiro esse abajur no senhor!

– Psss!... A senhora é minha esperança, minha tábua de salvação! Vou lhe dar cinquenta rublos de aumento, se me deixar ficar! Cinquenta!

---

2. Cidade de Níjni Nóvgorod (Górki, no período soviético), situada na confluência dos rios Oká e Volga. (N.T.)

A artista pegou um bolo de vestidos, cobriu o corpo com eles e correu para a porta a fim de gritar por ajuda. Indiúkov arrastou-se atrás dela de joelhos e agarrou sua perna acima do tornozelo.

– Dou 75 rublos de aumento se não me expulsar! – sussurrou ele, sem fôlego. – E ainda lhe dou metade da renda do espetáculo beneficente!

– Está mentindo!

– Que Deus me castigue! Juro! Que se dane! Metade da renda e 75 rublos de aumento!

Dólskaia-Kautchukova ficou um instante indecisa e se afastou da porta.

– Mas o senhor está sempre mentindo... – choramingou ela.

– Que a terra se abra e eu caia dentro! Que eu nunca alcance o paraíso! Por acaso sou algum canalha?

– Está bem, mas não vá se esquecer, hein... – concordou a atriz. – Vamos lá, entre embaixo do divã.

Indiúkov deu um suspiro profundo e, sem fôlego, entrou para debaixo do divã, enquanto Dólskaia-Kautchukova se vestia às pressas. Ela sentia um incômodo, beirando a aflição, quando se lembrava de que no seu camarim, debaixo do divã, estava um estranho, mas a consciência de que havia cedido apenas em prol da sagrada arte a deixou tão encorajada que, algum tempo depois, ao se livrar do traje de hussardo, ela já não o xingava, mas, ao contrário, manifestava preocupação:

– O senhor vai se sujar, Kuzmá Alekséievitch! Eu coloco de tudo aí embaixo desse divã!

O vaudevile terminou. A atriz foi chamada ao palco onze vezes e ganhou um buquê de flores com fitas onde estava escrito: “Fique conosco”. Após a ovação, quando se dirigia ao seu camarim, ela encontrou Indiúkov nos bastidores. Sujo, com os cabelos eriçados, o empresário estava radiante e esfregava as mãos de satisfação.

– Há-há-há... Imagine só, minha querida! – disse ele, aproximando-se dela. – Pode rir deste velho babão! Imagine só, o tal homem não era Prýndin! Há-há... Que diabo, a barba comprida e ruiva me deixou transtornado! Este talo de repolho velho errou redondamente! Há-há... Eu a incomodei sem necessidade, minha belezura...

– Mas, veja lá, lembre-se do que me prometeu – disse Dólskaia-Kautchukova.

– Lembro, lembro, minha flor, mas... queridinha, aquele não era Prýndin! Nosso trato era relativo a Prýndin, então por que tenho de cumprir o que prometi, se não era o Prýndin? Se fosse ele, a coisa seria diferente, mas a senhora mesma está vendo que eu me enganei... Vi um cara esquisito e achei que era Prýndin!

– Como isso é baixo de sua parte! – disse a atriz indignada. – É baixo, nojento!

– Se fosse o Prýndin, claro que a senhora teria todo o direito de exigir o cumprimento do acordo, mas era não se sabe quem. Pode ser um sapateiro ou, perdão, um alfaiate. Eu terei de pagar por um cara desses? Sou honesto, minha cara... Entendo as coisas...

Ao se afastar, ele continuava a gesticular e a dizer:

– Se ele fosse o Prýndin, eu teria a obrigação, é claro, mas era um desconhecido... Um cara ruivo, sabe-se lá quem é ele, mas Prýndin é que não era.

21 de dezembro de 1885

A DESCOBERTA

Ciscando num monte de esterco
O galo encontrou uma pérola...[1]

O engenheiro Bakhromin, que ocupava o posto de conselheiro de Estado, estava sentado à sua escrivaninha e, por falta do que fazer, entregava-se à melancolia. Poucas horas antes, naquela mesma noite, num baile em casa de conhecidos, casualmente ele encontrara uma senhora pela qual fora apaixonado vinte anos antes. No seu tempo, ela fora uma beldade deslumbrante, por quem era tão fácil se apaixonar como pisar no calo do vizinho. Bakhromin se lembrava especialmente de seus olhos intensos, cujo fundo parecia forrado com um delicado veludo azul-claro. Os longos cabelos castanho-dourados pareciam um campo de centeio maduro, ondeando-se com a ventania que precede a tempestade... A beldade era inatingível, tinha um olhar severo e quase não sorria, mas, em compensação, quando dava um sorriso, "a chama das velas que se apagavam ela reavivava com seu sorriso". Porém, agora ela se tornara uma velha seca, faladeira, de olhos azedos e dentes amarelos... Que horror!

"É revoltante!", pensava Bakhromin, conduzindo mecanicamente o lápis pelo papel. "Nenhuma força maléfica é capaz de escarnecer de uma pessoa tanto quanto a natureza. Se, naquela época, a beldade soubesse que iria se transformar nessa coisa insignificante, ela teria morrido de pavor..."

Bakhromin ficou refletindo dessa maneira durante muito tempo. De repente ele deu um pulo, como se uma cobra o tivesse mordido.

– Senhor Jesus! – disse ele, apavorado. – Que novidade é essa agora? Eu sei desenhar?

No papel em que ele rabiscava mecanicamente, entre garranchos e espirais emergia uma linda cabeça feminina,

---

1. Da fábula *O galo e a pérola*, de Ivan Andrêievitch Krylov (1769-1849), grande fabulista russo. (N.T.)

a mesma pela qual ele fora um dia apaixonado. De maneira geral, o desenho era capenga, mas o olhar melancólico e severo, a suavidade dos traços e as ondas rebeldes da densa cabeleira estavam fielmente representados...

– Que diabo será isso? – continuou Bakhromin, perplexo. – Eu sei desenhar! Vivi neste mundo 52 anos sem desconfiar de que tivesse algum talento e, de repente, na velhice: "Agradeço, eu não esperava... em mim brotou o talento!". Não pode ser!

Ainda sem acreditar, Bakhromin agarrou o lápis e, ao lado da cabeça bonita, desenhou a cabeça da velha... Esta ficou tão perfeita quanto a da jovem...

– É espantoso! – disse ele, dando de ombros. – Está até bom, com os diabos! E essa agora? Quer dizer que sou um artista! Significa que possuo um talento! Mas como eu não soube disso antes? Que coisa estranha!

Se Bakhromin tivesse encontrado dinheiro no bolso de um colete velho ou recebido a notícia de que havia sido promovido a conselheiro de Estado efetivo, ele não ficaria tão agradavelmente surpreso quanto agora, ao descobrir que possuía capacidade para criar. Ficou uma hora inteira sentado à mesa, desenhando cabeças, árvores, um incêndio, cavalos...

– Magnífico! Bravo! – maravilhava-se. – Se eu aprendesse um pouco a técnica, ficaria perfeito.

O criado trouxe ao gabinete a mesinha com a ceia e interrompeu a sessão de desenho e de exclamações de júbilo. Quando terminou de saborear uma perdiz e de beber dois copos de borgonha, Bakhromin ficou desanimado e pensativo... Lembrou-se de que durante seus 52 anos ele nunca havia pensado, nem uma vez sequer, que pudesse haver nele algum talento. É verdade que durante toda a sua vida se sentiu atraído pela arte e pela beleza. Na juventude atuou em espetáculos amadores, tocou, cantou, garatujou uns cenários... Mais tarde, até ficar velho, ele nunca deixou de ler, de gostar de teatro, de copiar para guardar de lembrança poesias de boa qualidade... Gracejava com sucesso, falava bem, era perspicaz nas críticas... Pelo visto, a chama ele possuía, mas ela era sempre abafada pela vida agitada.

"Com os diabos, é bem possível que eu seja também capaz de escrever poesias e romances! E se eu tivesse descoberto quando era jovem que tinha talento, enquanto era tempo, e tivesse me tornado um pintor ou um poeta? Hein?"

E, na sua imaginação, descortinou-se uma vida diferente de milhões de outras vidas. Seria totalmente impossível compará-la com a vida das pessoas comuns.

"Têm razão as pessoas em não dar a *eles* graus e condecorações...", pensava. "Eles ocupam um lugar fora de qualquer classificação e capítulo[2]... E somente os eleitos podem julgar o que eles fazem..."

A propósito, nesse momento Bakhromin lembrou-se de um fato ocorrido no seu passado distante. Sua mãe, mulher nervosa e excêntrica, caminhando com ele certa vez cruzou na escada com um homem horrível, embriagado, e beijou a mão desse homem. "Mamãe, por que você fez isso?", espantou-se Bakhromin. "Este homem é um poeta!", respondeu ela. E, na sua opinião, sua mãe estava certa... Se ela tivesse beijado a mão de um general ou de um senador, seria servilismo, autodepreciação, uma coisa impensável para uma mulher evoluída, mas beijar a mão de um poeta, de um pintor, de um compositor – nada mais natural...

"Uma vida livre, não trivial...", pensava Bakhromin, indo para a cama. "E a glória, a fama? Por mais largos que sejam meus passos no serviço público, quaisquer que sejam os degraus que eu alcance, meu nome não irá mais longe do que os limites de um formigueiro... Com eles, já é completamente diferente... O poeta ou o pintor dorme ou se embriaga tranquilamente, e, enquanto isso, sem que ele note, suas poesias são aprendidas de cor e seus quadros são apreciados... Não saber seu nome é considerado falta de educação, de cultura... não é de bom-tom..."

Em completo desânimo, Bakhromin deixou-se cair na cama e acenou para o criado, que se aproximou e pôs-se a tirar cuidadosamente suas roupas.

---

2. Capítulo era um órgão existente na Rússia tsarista que distribuía as condecorações. (N.T.)

"É... uma vida fora do comum... Um dia as estradas de ferro serão esquecidas, mas Fídias e Homero serão sempre lembrados... Trediakóvski[3] é ruinzinho, e mesmo ele será lembrado... Brrr... Que frio! Como seria se eu agora fosse um pintor? Como eu me sentiria?"

Enquanto o criado tirava sua camisa diurna e vestia a noturna, ele imaginava um quadro... Lá vai ele, um poeta ou um pintor, arrastando-se numa noite escura para sua casa... As pessoas talentosas não possuem carruagens; mesmo não gostando, têm de andar a pé... Lá vai ele, coitadinho, com um capote desbotado, talvez até sem galochas... Na entrada da pensão, o porteiro está cochilando. Esse animal grosseiro abre a porta sem olhar para ele... Lá, onde se aglomera a multidão, o nome do poeta ou do pintor é tratado com respeito, mas isso não lhe traz mais calor: o porteiro não é mais educado, os criados não são mais carinhosos, os de casa não são mais tolerantes... O nome é homenageado, mas a pessoa é esquecida... Exausto e faminto, ele entra no seu quarto escuro e abafado... Tem vontade de comer e beber, mas, que desgraça! Nada de perdizes ou borgonha! Tem um sono terrível, seus olhos se fecham e a cabeça tomba sobre o peito, mas a cama é dura, fria, com cheiro de hotel... Se quiser, você mesmo tem de pegar água, tirar a roupa... andar descalço no chão frio... Tremendo, ele finalmente adormece, sabendo que não tem charutos, cavalos... Que na gaveta do meio de sua escrivaninha não existem condecorações de Santa Anna e São Estanislau, e na gaveta de baixo não há talão de cheques...

Bakhromin balançou a cabeça, tombou sobre o colchão de molas e cobriu-se com o edredom de plumas.

"Ele que vá para o inferno!", pensou Bakhromin, deleitando-se com o conforto e adormecendo docemente. "Que vá... para... o inferno... Que bom... que eu... não descobri... quando era jovem..."

O criado desligou a lâmpada e saiu na ponta dos pés.

25 de janeiro de 1886

---

3. Vassíli K. Trediakóvski (1703-1769), poeta, tradutor e cientista russo. Escreveu um manual para ensinar a fazer versos em russo. (N.T.)

Senhoras

Fiódor Petróvitch, diretor das escolas públicas da província de N., que se considerava um homem justo e magnânimo, recebeu certa vez em seu gabinete o professor Vrêmenski.

– Não, senhor Vrêmenski – dizia ele –, a demissão é inevitável. Com uma voz como a sua é impossível continuar no cargo de professor. Mas como foi que sua voz sumiu?

– Eu estava suado e bebi cerveja gelada... – sussurrou o professor.

– É uma lástima! A pessoa trabalha durante catorze anos e, de repente, uma desgraça dessas! Nunca se sabe por qual bobagem alguém é obrigado a interromper sua carreira. E agora, o que o senhor pretende fazer?

O professor não respondeu.

– O senhor tem família? – perguntou o diretor.

– Tenho esposa e dois filhos, Excelência... – sussurrou o professor.

Fez-se silêncio. O diretor ergueu-se e caminhou de um lado para o outro, preocupado.

– Não consigo decidir o que vou fazer com o senhor! – disse ele. – Professor o senhor não pode ser; para se aposentar, o senhor ainda não tem tempo... Largá-lo ao deus-dará, sem destino certo, não fica bem. Para nós, o senhor é prata da casa, trabalhou catorze anos, portanto, nosso dever é ajudá-lo... Mas como? O que eu posso fazer pelo senhor? Ponha-se no meu lugar: o que eu posso fazer pelo senhor?

Silêncio. O diretor continuava a andar e a pensar, enquanto Vrêmenski, deprimido pela aflição, permanecia sentado na beirinha da cadeira e também pensava. De repente o rosto do diretor iluminou-se e ele até estalou os dedos.

– É espantoso eu não ter me lembrado disso antes! – disse ele apressadamente. – Ouça o que eu posso lhe propor... Na semana que vem, o escriturário do nosso asilo vai se aposentar. Se o senhor quiser, pode ficar no lugar dele! Aí está!

Vrêmenski, que não esperava tanta generosidade, também ficou radiante.

– Então, excelente! – disse o diretor. – Hoje mesmo escreva o requerimento...

Fiódor Petróvitch liberou Vrêmenski e sentiu alívio e até mesmo satisfação: diante dele já não estava a figura curvada do chiante professor, e era agradável reconhecer que havia procedido com justiça e consciência, como um homem bondoso e honesto, ao oferecer a Vrêmenski a vaga que se abria. Mas esse bom humor não durou muito. Quando voltou para casa e sentou-se para almoçar, sua esposa, Nastácia Ivânovna, lembrou-se de repente:

– Ah, veja só, por pouco não ia me esquecendo! Ontem esteve aqui Nina Serguêievna. Veio pedir um favor para um rapaz. Corre por aí que vai abrir uma vaga no nosso asilo...

– É verdade, mas esse lugar já está prometido para outra pessoa – disse o diretor, fechando o cenho. – E você conhece a minha norma: eu nunca emprego ninguém por proteção.

– Eu sei, mas para Nina Serguêievna, eu suponho, pode-se fazer uma exceção. Ela gosta de nós como se fôssemos seus parentes, e até hoje não fizemos nada de bom para ela. E nem pense em recusar, Fédia! Com seus caprichos, você vai ofender a ela e a mim.

– E quem é que ela está recomendando?

– Polzúkhin[1].

– Qual Polzúkhin? Aquele que fez o papel de Tchátski[2] na festa de ano-novo da câmara? Aquele *gentleman*? Nem pensar!

O diretor não quis mais comer.

– Nem pensar! – repetiu ele. – Deus me livre!

– Mas por que isso?

– Entenda, minha cara, que se o jovem não age diretamente, e sim por intermédio de mulheres, significa que ele não presta! Por que ele não me procurou pessoalmente?

---

1. Do verbo *pólzat'*, arrastar-se. (N.T.)

2. Personagem principal da peça *A desgraça de ter inteligência*, de Aleksandr Griboiédov (1795-1829). (N.T.)

Depois do almoço, o diretor deitou-se no sofá do seu escritório e ficou lendo os jornais e as cartas que havia recebido.

"Caro Fiódor Petróvitch!" – escrevia-lhe a esposa do prefeito. "O senhor certa vez disse que eu sou especialista em conhecer as pessoas e em ler os corações. Agora o senhor tem a oportunidade de comprovar isso na prática. Em breve irá procurá-lo um certo K. N. Polzúkhin, que conheço e sei que é um rapaz maravilhoso e muito simpático. Se o senhor se interessar pelo caso dele, ficará convencido de que..." etc.

– Nem pensar! – resmungou o diretor. – Deus me livre!

A partir daí, não se passou um dia sem que o diretor recebesse cartas de recomendação a respeito de Polzúkhin. Uma bela manhã, apareceu na sua casa o próprio Polzúkhin, um rapaz cheio de corpo, com rosto barbeado de jóquei, vestido com um traje preto novo...

– Para assuntos de trabalho eu não recebo aqui, e sim no gabinete – disse o diretor secamente, depois de ouvir o pedido do rapaz.

– Perdoe-me, Excelência, mas nossos conhecidos comuns me aconselharam a dirigir-me exatamente para cá.

– Hum... – mugiu o diretor, olhando com ódio para os sapatos de bico fino do rapaz. – Pelo que sei – disse ele –, seu pai é um homem de posses, e o senhor não passa necessidades. Então por que o senhor precisa pedir esse emprego? Pois o salário é insignificante!

– Não é pelo salário... De qualquer modo, é um emprego público...

– Está certo... Mas eu penso que dentro de um mês o senhor já estará farto desse trabalho e vai abandoná-lo, e, enquanto isso, existem candidatos para quem esse emprego seria uma carreira para toda a vida... Existem pessoas pobres que...

– Não vou ficar farto, Excelência! – interrompeu-o Polzúkhin. – Dou-lhe minha palavra de honra de que vou me esforçar!

O diretor explodiu.

– Escute – perguntou ele com um sorriso de desprezo –, por que o senhor não se dirigiu logo a mim e julgou necessário incomodar senhoras?

– Eu não sabia que o senhor acharia isso desagradável – respondeu Polzúkhin, e ficou confuso. – Mas, Excelência, se o senhor não dá importância a cartas de recomendação, eu posso apresentar atestados...

Ele tirou do bolso um papel e entregou-o ao diretor. No atestado, redigido em estilo e caligrafia de chancelaria, constava a assinatura do governador. Tudo indicava que este havia assinado sem ler, apenas para se livrar de alguma senhorita insistente.

– Não há o que fazer, submeto-me... obedeço... – disse o diretor com um suspiro, assim que leu o atestado. – Entregue amanhã o requerimento... Não há o que fazer...

Quando Polzúkhin saiu, o diretor deu vazão ao sentimento de repulsa.

– Traste! – esbravejou ele, andando de um lado para o outro. – Acabou conseguindo o que queria, esse pavão inútil, galanteador de mulheres... Animal rastejante! Canalha!

O diretor deu uma cuspida sonora em direção à porta pela qual saíra Polzúkhin, mas ficou de repente embaraçado, porque nesse momento entrava no seu escritório uma senhora, a esposa do coletor...

– Um minutinho só, um minutinho só... – disse a senhora. – Sente-se, compadre, e me ouça com atenção... Bem, dizem que o senhor tem uma vaga... Hoje ou amanhã um rapaz vai procurá-lo, um certo Polzúkhin...

A senhora gorjeava e o diretor olhava para ela com olhos turvos e opacos, como os de uma pessoa prestes a cair desmaiada; olhava e sorria por educação.

No dia seguinte, ao receber Vrêmenski em seu gabinete, o diretor ficou muito tempo sem coragem de lhe dizer a verdade. Hesitava, se confundia e não sabia como iniciar o assunto e nem o que dizer. O seu desejo era pedir desculpas ao professor, contar-lhe toda a verdade, mas sua língua estava travada como a de um bêbado. Suas orelhas ardiam e, de repente, ele se sentiu injuriado e aborrecido por ser obrigado a representar um papel tão absurdo – e no seu próprio gabinete, diante de um subordinado. De repente, deu um murro na mesa, levantou-se e gritou com raiva:

– Não tenho nenhum emprego para o senhor! Não e não! Deixe-me em paz! Não me torture! Veja se me deixa em paz, faça-me esse favor!

E saiu do gabinete.

19 de abril de 1886

O sortudo

Da estação Bologoie, na estrada de ferro Nikoláievskaia, parte um trem de passageiros. Num dos vagões para fumantes da segunda classe, uns cinco passageiros cochilam, envoltos na penumbra do vagão. Eles tinham acabado de comer e agora, depois de terem se acomodado da melhor maneira possível nos encostos dos bancos, tentam dormir.

Abre-se a porta do vagão e entra uma figura alta e magra, de chapéu alaranjado e com um casaco elegante e vistoso, que lembra muito os jornalistas de Júlio Verne ou de operetas.

A figura fica parada no meio do vagão, funga e olha longamente para os bancos.

– Não, este também não é! – balbucia. – Sabe-se lá o que é isso! É simplesmente revoltante! É, não é este!

Um dos passageiros olha o estranho com atenção e dá um grito de alegria:

– Ivan Alekséievitch! É o senhor? Como veio parar aqui?

O varapau Ivan Alekséievitch estremece, olha sem entender para o passageiro e, reconhecendo-o, abana as mãos alegremente.

– Ora veja! Piotr Petróvitch! – diz ele. – Há quanto tempo! Eu não sabia que o senhor estava neste trem!

– Como vai o senhor?

– Estou bem, meu amigo, mas perdi meu vagão e não o encontro de jeito nenhum. Que grande idiota que sou! Eu merecia uma surra!

O magricela cambaleia e dá uma risadinha.

– Essas coisas acontecem! – continua ele. – Eu saí do trem depois do segundo sinal para beber um conhaque. Bebi, é claro. Aí eu pensei: como a próxima estação ainda está longe, por que não tomar mais um cálice? Enquanto eu pensava e bebia, soou o terceiro sinal... Corri como um louco e saltei para dentro do primeiro vagão que apareceu. Não sou um tremendo idiota? Não sou filho de uma galinha?

– Vê-se que o senhor está alegre – diz Piotr Petróvitch. – Sente-se conosco! Dê-nos a honra de sua companhia!

– De jeito nenhum! Vou procurar meu vagão. Adeus!

– No escuro, o senhor corre o risco de cair da plataforma. Sente-se e, quando chegarmos à próxima estação, o senhor achará o seu vagão. Vamos, sente-se.

Ivan Aleksêievitch suspira e senta-se hesitante na frente de Piotr Petróvitch. Ele parece excitado, como se caminhasse sobre brasas.

– Para onde está indo? – pergunta Piotr Petróvitch.

– Eu? Para o espaço. Está uma tal confusão na minha cabeça que eu mesmo não consigo saber para onde estou indo. Para onde a sorte me leva, eu vou. Há-há! Meu querido, o senhor já viu alguma vez bobos felizes? Não? Então veja! Diante do senhor está o mais feliz dos mortais! É isso aí! Não se nota nada pela minha cara?

– Bem, nota-se que o senhor... parece... que está um pouquinho...

– Com certeza estou com uma tremenda cara de bobo. Que pena não ter um espelho, queria dar uma olhada na minha cara! Eu sinto, amigão, que estou ficando idiota. Palavra de honra! Há-há... Eu, imagine, estou em viagem de núpcias. Então, não sou filho de uma galinha?

– O senhor? Então o senhor se casou?

– Hoje, caríssimo! Acabei de casar e vim direto para o trem.

Começaram as felicitações e as perguntas de praxe.

– Veja só... – diz Piotr Petróvitch, rindo. – Então é por isso que está todo enfeitado.

– É... Para a ilusão ser completa, até me vaporizei com perfume. Entrei numa roda-viva! Deixei de lado as preocupações, as ideias, tinha apenas uma sensação de algo como... sei lá como se chama... placidez... Será isso? Em toda a minha vida, nunca havia me sentido assim tão bem!

Ivan Aleksêievitch fecha os olhos e balança a cabeça.

– Absurdamente feliz! – diz ele. – Julgue o senhor mesmo. Eu agora vou para o meu vagão. Lá, no banco, junto à janela, está uma criatura que, por assim dizer, me é devotada com todo o seu ser. Uma lourinha, com um narizinho... com uns dedinhos... Ah, meu amorzinho! Meu anjo! Minha perebinha! Pulgãozinho do meu coração! E que pezinho! O pezinho dela não é como esses nossos pezões, é uma miniatura, uma coisa mágica, alegórica... Se pudesse, eu pegava e comia esse pezinho! Ah, os senhores não entendem nada! Os senhores são materialistas, querem logo analisar isso e aquilo! São uns solteirões secos, e nada mais. Quando os senhores se casarem, vão se lembrar! Vão dizer: onde estará agora Ivan Aleksêievitch? Bem... então eu vou agora para o meu vagão. Lá alguém já está impaciente me esperando, antegozando a minha presença. Vou ser recebido com um sorriso. Vou me sentar ao seu lado e pegar no seu queixinho com dois dedinhos, assim...

Ivan Aleksêievitch balança a cabeça e sacode-se com uma risada feliz.

– Depois você deita sua cabeça no ombro dela e enlaça sua cintura. Em volta, sabe, silêncio total... e uma penumbra poética. Nesse momento eu poderia abraçar o mundo inteiro. Piotr Petróvitch, permita-me abraçá-lo!

– Tenha a bondade!

Os dois amigos se abraçam, acompanhados pelo riso geral dos outros passageiros, e o feliz recém-casado continua:

– Mas, para a idiotice ser ainda maior, ou, como dizem nos romances, para a ilusão ser maior, você vai ao bufê e emborca dois ou três cálices de conhaque. Então, na sua cabeça e no seu peito ocorre uma coisa que você não vê nem nas histórias fantásticas. Eu sou uma pessoa pequena, insignificante, e fico com a impressão de que para mim não existem limites... De que posso abraçar o mundo inteiro!

Os passageiros, olhando para o feliz e alegre recém-casado, contagiam-se com sua felicidade e já não sentem vontade de dormir. Em vez de um só ouvinte, ao redor de Ivan Aleksêievitch logo há cinco. Ele se remexe, como se estivesse sentado em brasas, atira perdigotos, agita as mãos e tagarela sem parar. Dá uma gargalhada e todos também dão.

– O mais importante, senhores, é pensar menos! Ao diabo com todas essas análises! Tem vontade de beber, então beba, não precisa filosofar se é bom ou ruim... Ao inferno com todas essas filosofias e psicologias!

Pelo vagão, passa o condutor.

– Caro amigo – diz o recém-casado, dirigindo-se ao condutor –, quando o senhor passar pelo vagão 209, procure uma dama de chapéu cinzento com um pássaro branco no topo e diga-lhe que estou aqui!

– Pois não. Só que neste trem não existe vagão 209. Existe 219!

– Que seja 219! Dá na mesma! Então diga a essa dama: "Seu marido está são e salvo!".

Ivan Aleksêievitch bota de repente as mãos na cabeça e começa a gemer:

– Marido... Dama... Foi há muito tempo? Marido... Há-há... Você ainda deveria levar surras, mas já é um marido! Ah, bobalhão! E ela? Ainda ontem era uma menina, um tiquinho de gente... É inacreditável!

– Na nossa época é até meio estranho ver alguém feliz – fala um dos passageiros. – É mais fácil ver um elefante branco.

– É, mas quem é o culpado? – diz Ivan Aleksêievitch, estendendo seus longos pés com sapatos de bicos muito finos. – Se você não fica feliz, a culpa é toda sua! Pois é, o que os senhores pensavam? O homem é o próprio criador de sua felicidade. Se você quiser, você será feliz, mas você não quer. Você teimosamente abre mão de sua felicidade!

– Ora essa! De que maneira?

– É muito simples!... A natureza decretou que o ser humano se apaixone num determinado período de sua vida. Quando essa época chega, você deve se apaixonar a todo vapor, mas você não obedece à natureza e fica à espera de alguma coisa. Continuando... Pela lei, um indivíduo normal deve se casar... Sem casamento não há felicidade. A época favorável amadureceu, case-se, não há por que protelar... No entanto, você não se casa, continua à espera de alguma coisa! Além disso, nas escrituras está dito que o vinho alegra o coração dos homens... Se você se sente bem e tem vontade de se sentir melhor ainda, vá até o bufê e tome uns tragos. O importante é não pensar muito e seguir o chavão! Chavão é uma ótima coisa!

– O senhor está dizendo que o indivíduo é o criador de sua própria felicidade. Que diabo de criador é ele, se basta uma dor de dente ou uma sogra má para que sua felicidade vá pelos ares? Tudo depende da ocasião. Se acontecesse conosco agora um acidente como o de Kukúievka[1], o senhor cantaria uma canção diferente...

– Bobagem! – protesta o recém-casado. – Acidentes ocorrem somente uma vez por ano. Não tenho medo de nenhum acidente porque não existem motivos para eles ocorrerem. São muito raros! Ao diabo com eles! E nem quero falar sobre eles! Bem, parece que estamos chegando a uma estação secundária.

– Para onde o senhor está indo? – pergunta Piotr Petróvitch. – Para Moscou ou para algum lugar mais ao sul?

– Está brincando! Se estou indo para o norte, como eu poderia ir para algum lugar mais ao sul?

– Mas Moscou não fica no norte.

– Sei disso, mas agora nós estamos indo para Petersburgo! – diz Ivan Alekseievitch.

– É para Moscou que estamos indo, tenha dó!

– Mas como estamos indo para Moscou? – espanta-se o recém-casado.

– É estranho... O senhor comprou passagem para onde?

– Para Petersburgo.

– Nesse caso, parabéns. O senhor veio parar no trem errado.

Segue-se meio minuto de silêncio. O recém-casado se levanta e percorre os presentes com um olhar embotado.

---

1. Acidente ferroviário ocorrido no verão de 1882 perto da aldeia Kukúievka. (N.T.)

– É, foi isso – explica Piotr Petróvitch. – Em Bologoie o senhor tomou o trem errado. Depois do conhaque o senhor teve o azar de tomar o trem que vinha no sentido contrário.

Ivan Alekséievitch fica pálido, põe a mão na cabeça e começa a andar com passos rápidos pelo vagão.

– Ah, que grande idiota! – exclama ele, amargurado. – Ah, sou um patife, que os diabos me devorem! Agora, o que vou fazer? Pois minha esposa está naquele trem! Está lá sozinha, aflita, me esperando! Ah, eu sou um palhaço!

O recém-casado cai sentado num banco e se encolhe, como se lhe tivessem pisado num calo.

– Sou um homem infeliz! – geme ele. – O que faço agora? O quê?

– Ora, ora... – dizem os passageiros para consolá-lo. – Bobagem... Passe um telegrama para sua esposa e tente tomar no caminho o trem expresso. Assim o senhor conseguirá alcançá-la.

– Trem expresso! – diz chorando o recém-casado, o "criador de sua própria felicidade". – Onde vou arranjar dinheiro para o trem expresso? Todo o meu dinheiro está com minha esposa!

Os sorridentes passageiros cochicham entre si, fazem uma vaquinha e fornecem o dinheiro ao sortudo.

5 de maio de 1886

O MARIDO

Durante as manobras, o regimento de cavalaria de N. acampou para pernoitar na cidadezinha provincial K. Um acontecimento como esse sempre tem um efeito dos mais excitantes e animadores sobre os provincianos. Os donos das vendinhas, que sonham em se livrar do salame bolorento e passado e das "melhores sardinhas" que há dez anos ocupam as prateleiras, os proprietários das tavernas e os demais comerciantes, nenhum deles fecha seus estabelecimentos durante toda a noite; o comandante militar, o seu escriturário e a guarnição local vestem as melhores fardas; a polícia corre de um lado para o outro, numa roda-viva, e com as damas acontece sabe-se lá o quê!

Quando ouviram o regimento se aproximando, as senhoras de K. largaram seus tachos quentes com geleia e foram para a rua. Esquecendo-se de seus trajes caseiros e de sua aparência desarrumada, sem fôlego e quase desmaiando, elas correram em direção ao regimento, ouvindo com avidez os sons da marcha. Vendo seus rostos pálidos e extasiados, alguém poderia pensar que aqueles sons vinham não dos clarins dos soldados, mas do céu.

– O regimento! – diziam elas com alegria. – O regimento está chegando!

Que necessidade elas tinham daquele regimento desconhecido que casualmente passava por ali e que no dia seguinte partiria ao romper da aurora? Mais tarde, quando os senhores oficiais, parados no meio da praça com as mãos às costas, procuravam resolver o problema de sua acomodação, elas estavam todas na casa da mulher do juiz e competiam entre si nas críticas ao regimento. Sabe Deus como, já tinham conseguido a informação de que o comandante era casado, mas não vivia com a esposa; de que a mulher do oficial superior todos os anos dá à luz bebês mortos; de que o ajudante de ordens alimenta uma paixão sem esperanças por certa condessa e até já tentara suicídio. Elas sabiam de tudo. Quando viram passar de relance pela janela um soldado bexiguento usando uma camisa vermelha, elas sabiam muito bem que se tratava do ordenança do subtenente Rymsov, que estava percorrendo a cidade à procura de aguardente inglesa fiada para o seu senhor. Elas tinham visto os oficiais apenas rapidamente e de costas, mas já haviam decidido que entre eles não viram nenhum bonitinho ou interessante... Depois de muito falatório, elas exigiram a presença do comandante militar e do administrador do clube e ordenaram que eles organizassem um baile naquela noite, custasse o que custasse.

O desejo delas foi atendido. Às nove horas da noite, a rua defronte ao clube estremecia com os sons da banda militar, e lá dentro os senhores oficiais dançavam com as senhoras de K. As damas sentiam-se como se estivessem nas nuvens. No enlevo das danças, da música, do tilintar das esporas, elas se entregavam com toda a sua alma àquele encontro efêmero, completamente esquecidas dos civis. Seus pais e maridos, afastados para o último plano, se acotovelavam diante do miserável bufê. Todos aqueles tesoureiros, secretários e inspetores de polícia, de caras chupadas, desajeitados e sofrendo de hemorroidas, tinham perfeita consciência de sua situação deplorável e não entravam no salão, limitando-se a dar uma espiada de longe nas suas mulheres e filhas, que dançavam com os ágeis e elegantes tenentes.

Entre os maridos, encontrava-se o coletor de impostos Kirill Petróvitch Chálikov, um alcoólatra de mente limitada e maus bofes, com uma cabeça grande e raspada e lábios grossos caídos. No passado ele frequentara a universidade, lera Píssarev e Dobrolíúbov[1], cantara, mas agora ele dizia que era um assessor colegial e nada mais. De pé, encostado no umbral da porta, ele não tirava os olhos de sua esposa, Anna Pávlovna, uma morena baixinha, de uns trinta anos, nariz comprido e queixo pontudo. Com muito pó de arroz e cintura apertada, ela dançava sem parar, até arrebentar. As danças eram cansativas

1. Nikolai Aleksândrovitch Dobrolíúbov (1836-1861), Dimítri Píssarev (1840-1868), críticos literários do século XIX, de tendência democrática, que influenciaram muito a juventude do seu tempo. (N.T.)

para ela, mas apenas para o corpo, não para a alma... Toda a sua figura expressava arrebatamento e deleite. Seu peito arfava, nas faces surgiram manchas vermelhas. Seus movimentos eram lânguidos, suaves; via-se que, dançando, ela recordava seu passado, aquele passado distante, quando dançava no colégio e sonhava com uma vida alegre e luxuosa, convencida de que seu futuro marido seria inevitavelmente um barão ou um príncipe.

O coletor olhava para ela e franzia a cara de raiva... Ciúme ele não sentia, mas era-lhe desagradável, em primeiro lugar, que, por causa das danças, não havia lugar para jogar cartas; em segundo lugar, ele não suportava músicas de bandas militares; em terceiro lugar, na sua opinião os senhores oficiais tratavam os civis com muito desdém e arrogância; e, em quarto lugar, ele estava aborrecido e indignado com a expressão de beatitude no rosto de sua mulher.

– Dá nojo ver! – resmungava ele. – Em breve ela vai fazer quarenta anos, é feia de meter medo, mas também se empoou, frisou os cabelos, botou espartilho! Banca a coquete, a dengosa, achando que sabe fazer isso... Ah, mas como a senhora é maravilhosa!

Anna Pávlovna estava tão empolgada com as danças que não olhou nem uma vez para o seu marido.

– Claro: nós, caipiras, não temos vez! – dizia com maldade o coletor. – Agora nos dispensam... Somos focas pesadonas, ursos da província! Já ela é a rainha do baile; está tão conservada que os oficiais podem até se interessar por ela. Talvez se apaixonar por ela.

Durante a mazurca, o rosto do coletor se deformou, de tanta raiva. Anna Pávlovna dançava com um oficial moreno, de olhos saltados e maçãs do rosto salientes como as de um tártaro. O oficial movimentava os pés com seriedade, com sentimento, com uma expressão severa, e dobrava os joelhos de um jeito que parecia um palhaço de brinquedo que alguém movia com barbantes. Anna Pávlovna, pálida, palpitante, curvando languidamente a cintura e revirando os olhos, esforçava-se para dar a impressão de que mal tocava o chão e, pelo visto, tinha mesmo a ilusão de que estava não na terra, num clube de província, e sim muito, muito longe – nas nuvens! Não apenas o seu rosto, mas todo o seu corpo expressava felicidade... Para o coletor, isso se tornou insuportável; teve vontade de zombar dessa felicidade, de fazer Anna Pávlovna sentir que ela havia se esquecido de que a vida não é de modo algum tão maravilhosa como ela imaginava naquele momento de enlevo...

– Espere só, vou lhe mostrar como sorrir de felicidade! – resmungava ele. – Não é uma colegial, uma menina. Deve entender que não passa de uma velha.

Sentimentos mesquinhos de inveja, mágoa, autoestima ultrajada, de misantropia pequena, provinciana, daquela que surge nos funcionários inferiores em consequência da vodca e da vida sedentária, começaram a fervilhar dentro dele, como um bando de ratos... Quando a mazurca terminou, ele entrou no salão e se dirigiu para o lugar onde estava sua esposa. Anna Pávlovna estava sentada ao lado do seu cavalheiro, abanando-se com o leque; ela revirava os olhos como uma coquete e contava que certa vez dançara em Petersburgo. (Seus lábios formavam um coração e ela pronunciava assim: “Quando eu vivia lá, em Piutiursbiurgo”.)

– Aniúta, vamos para casa! – bradou com voz rouca o coletor.

Ao ver à sua frente o marido, inicialmente Anna Pávlovna estremeceu, como se tivesse lembrado de repente de que tinha um marido, e depois ficou vermelha. Ela sentiu vergonha de ter um marido tão macilento, emburrado, comum...

– Vamos para casa! – repetiu o coletor.

– Por quê? Ainda é cedo!

– Peço-lhe que vá para casa! – disse ele, separando as palavras e fazendo cara feia.

– Por quê? Aconteceu alguma coisa? – perguntou ela, preocupada.

– Não aconteceu nada, mas eu quero que você vá para casa neste instante... Eu quero, e acabou. E sem conversas, por favor.

Anna Pávlovna não tinha medo do marido, mas sentiu vergonha diante do seu cavalheiro, que olhava espantado e irônico para o coletor. Ela se levantou e afastou-se com o marido para um lado.

– Que ideia é essa? – começou ela. – Por que tenho de ir para casa? Não são nem onze horas!

– Eu quero, e basta! Tenha a bondade de sair: aqui, acabou!

– Pare de inventar besteiras! Vá você, se quiser.

– Então vou fazer um escândalo!

O coletor viu que a expressão de beatitude aos poucos desaparecia do rosto de sua mulher, que ela estava envergonhada e sofria – e ele pareceu aliviado com isso.

– Para que você precisou de mim de repente? – perguntou a esposa.

– Não preciso de você, mas quero que fique em casa. Quero e acabou.

Anna Pávlovna não queria nem ouvir, mas depois começou a implorar ao marido que a deixasse ficar pelo menos meia hora; depois, sem que ela mesma soubesse por que, pedia desculpas e fazia juramentos, tudo isso em sussurros e sorrindo, para que os outros não pensassem que estava tendo um desentendimento com o marido. Ela afirmava que ficaria só mais um pouquinho, só dez minutos, só cinco, mas o coletor insistia teimosamente na sua decisão.

– Faça como quiser, fique! Mas então eu faço um escândalo.

Durante essa conversa com o marido, Anna Pávlovna se encurvou, ficou mais magra e mais velha. Pálida, mordendo o lábio e quase chorando, ela caminhou até o vestíbulo e começou a se vestir...

– Aonde vocês vão? – espantaram-se as senhoras de K. – Anna Pávlovna, aonde você vai, querida?

– Ela está com dor de cabeça – respondeu pela esposa o coletor.

Saindo do clube, o casal foi a pé, em silêncio, até a casa. O marido caminhava atrás da mulher. Vendo sua figura encurvada, abatida pelo desgosto e humilhada, ele ficou relembrando o ar de felicidade que tanto o irritara no clube, e a consciência de que já não havia aquela felicidade encheu sua alma com um sentimento de triunfo. Estava alegre e feliz, mas, ao mesmo tempo, sentia falta de alguma coisa e teve desejo de voltar ao clube e fazer algo para que todos sentissem tédio e amargura, e para que vissem como é insignificante e banal aquela vida, na qual você vai pela rua na escuridão, ouvindo seus pés chapinharem na lama, sabendo que vai acordar de manhã e que não existirá nada além da vodca e do baralho! Oh, como é terrível isso!

Anna Pávlovna mal conseguia caminhar... Ainda estava dominada pela impressão das danças, da música, das conversas, do brilho, do barulho; caminhava e se perguntava por que Deus a castigou assim. Estava amargurada, magoada, mal podia respirar de tanto ódio que sentia ao ouvir os passos pesados do marido. Ia calada e tentava encontrar a palavra mais ofensiva, ferina e venenosa para atirar no marido, mas, ao mesmo tempo, tinha consciência de que não o atingiria com palavra alguma. Que eram palavras para ele? O pior dos inimigos não poderia pensar numa situação de maior impotência do que aquela.

Enquanto isso, a música retumbava, e as trevas estavam povoadas dos sons mais convidativos à dança.

9 de agosto de 1886

No escuro

Certa mosca de tamanho médio entrou no nariz de Gáguin, promotor e conselheiro de sétima classe. Pode ter sido por curiosidade, ou talvez por leviandade, ou ainda devido à escuridão que ela fora parar ali, mas o fato é que o nariz não aguentou a presença do corpo estranho e fez sinal de que ia espirrar. Gáguin espirrou, espirrou com sentimento, com um assobio estridente, e tão alto, que a cama estremeceu e fez um barulho de molas se movendo. A esposa de Gáguin, Mária Mikháilovna, uma loura grande e gorda, também estremeceu, acordou, olhou a escuridão, suspirou e virou-se para o outro lado. Uns cinco minutos depois, tornou a se virar, fechou os olhos com força, mas o sono já não veio mais. Ela suspirou algumas vezes e se virou de um lado para o outro, depois ergueu o tronco, saltou por cima do marido e, calçando os sapatos, foi até a janela.

No pátio estava escuro. Só se viam as silhuetas das árvores e os telhados negros dos galpões. A leste apareceu uma leve claridade, mas também foi coberta pelas nuvens. No ar adormecido e envolto em trevas reinava o silêncio. Até o vigia, que recebia dinheiro para perturbar a quietude com sua matraca, estava calado. Até o frango-d'água, única ave silvestre que costuma viver na vizinhança dos veranistas da capital, estava mudo.

Quem quebrou o silêncio foi a própria Mária Mikháilovna. De pé junto à janela e olhando para o pátio, de repente ela deu um grito, pois teve a impressão de ter visto uma silhueta escura se esgueirando em direção à casa, partindo do canteiro de flores, onde havia um álamo fino e desfolhado. Inicialmente pensou que fosse uma vaca ou um cavalo, mas, depois de esfregar os olhos, começou a distinguir com clareza contornos humanos na silhueta.

A seguir, lhe pareceu que a silhueta escura se aproximou da janela da cozinha, ficou parada um instante, como que indecisa, depois apoiou uma perna no rodapé e mergulhou na escuridão da janela.

"Um ladrão!", foi o que lhe passou pela cabeça, e uma palidez mortal inundou o seu rosto. Num segundo, sua imaginação desenhou o quadro que tanto temem os veranistas: um ladrão penetra pela cozinha, dali vai para a sala de jantar... a prataria está no armário... mais adiante fica o dormitório... um machado... uma cara de bandido... objetos de ouro... Seus joelhos se dobraram e ela sentiu calafrios na espinha.

– Vássia![1] – importunou ela o marido. – Basile! Vassíli Prokófitch! Ah, meu Deus, parece que está morto! Acorde, Basile, eu lhe imploro!

– Ahn? – mugiu o promotor, respirando fundo e mastigando ruidosamente.

– Acorde, em nome do criador! Entrou um ladrão na nossa cozinha. Eu estava aqui na janela olhando o pátio e vi alguém entrar pela janela da cozinha. Dali ele vai passar para a sala de jantar... Os talheres estão no armário! Basile! No ano passado entraram desse jeito na casa de Mavra Iegórovna.

– O... o que você quer?

– Meu Deus, ele não está escutando! Entenda, bobão, que eu acabei de ver alguém entrar na nossa cozinha! Pelagueia vai se assustar e... a prata está no armário.

– Bobagem!

– Basile, isso é intolerável! Estou lhe falando do perigo que estamos correndo, e você fica dormindo e mugindo! O que você quer? Quer que sejamos roubados e degolados?

O promotor ergueu-se lentamente e sentou-se na cama, enchendo o ar de bocejos.

– Que diabo, vocês! Que gente! – resmungou ele. – Será que nem à noite há sossego? Acordam a gente por besteiras!

– Eu juro, Basile, que vi um homem entrar pela janela.

– E daí? Deixe que entre... Com toda certeza é um bombeiro que veio ver Pelagueia.

---

1. Vássia é apelido de Vassíli, que é o correspondente russo de Basílio. A esposa ora o chama em russo, ora pela forma francesa Basile. (N.T.)

– O queeê? O que você disse?

– Eu disse que um bombeiro veio ver Pelagueia.

– Pior ainda! – gritou Mária Mikháilovna. – Isso é pior do que um ladrão! Não vou tolerar cinismo dentro de minha casa!

– Quanta virtude, olha só... Não vou tolerar cinismo... Por acaso isso é cinismo? Para que ficar usando palavras estrangeiras que não conhece? Isso, minha cara, há séculos acontece, já é tradição. É para isso que ele é bombeiro, para visitar as cozinheiras.

– Não, Basile! Isso mostra que você não me conhece! Não posso nem admitir a ideia de que na minha casa tais coisas acontecem... Tenha a bondade de ir agora mesmo à cozinha e ordene que ele vá embora! Agora mesmo! E amanhã vou dizer a Pelagueia que ela não se atreva a permitir-se tal comportamento! Quando eu morrer, vocês podem deixar o cinismo imperar na casa de vocês, mas agora não se atrevam. Tenha a bondade de ir!

– Diabo... – resmungou Gáguin aborrecido. – Olhe, raciocine com sua inteligência microscópica de mulher: o que eu vou fazer lá?

– Basile, eu vou desmaiar!

Gáguin cuspiu, calçou os chinelos, cuspiu novamente e rumou para a cozinha. Estava escuro como dentro de um barril tampado, e o promotor teve de andar tateando. No caminho ele conseguiu encontrar pelo tato a porta do quarto das crianças e acordou a babá.

– Vassilissa – disse ele –, hoje de tarde você apanhou meu roupão para lavá-lo. Onde está ele?

– Entreguei para Pelagueia, senhor, para ela lavar.

– Que bagunça! Você pega e depois não põe de volta no lugar... E eu que fique andando por aí sem roupão!

Ao entrar na cozinha, ele se dirigiu à arca onde dormia a cozinheira, debaixo da prateleira de panelas.

– Pelagueia! – chamou ele, apalpando o ombro dela e acordando-a. – É você, Pelagueia? E então, que fingimento é esse? Pois você não está dormindo! Quem foi que entrou aqui agora há pouco pela janela?

– Ahn?... Não diga! Quem entrou pela janela? Quem é que havia de entrar?

– Olha, não precisa disfarçar! É melhor dizer ao seu pilantra que ele suma daqui por bem. Está ouvindo? Ele não tem nada pra fazer aqui.

– O senhor está bem da cabeça, senhor? Imagine... Mas que boba que eu sou! Passo os dias dando duro, correndo, não tenho sossego, e à noite – essas palavras! Vivo com quatro rublos por mês... gasto meu próprio chá e meu açúcar, e, além dessas palavras, nada mais eu escuto, nenhum elogio... Eu morei na casa de uns comerciantes e nunca vi uma baixeza igual a esta!

– Ora, ora, não tem cabimento essa ladainha! Agora, neste instante, que o seu soldado suma daqui! Está ouvindo?

– Isso é pecado, senhor! – disse Pelagueia com voz chorosa. – Senhores instruídos... nobres, e não conseguem entender que, com o nosso sofrimento, com a nossa vida infeliz... é fácil nos insultar – e ela começou a chorar. – Não temos quem nos defenda.

– Bem, bem... para mim tanto faz! Foi a patroa que me mandou vir aqui. Por mim, pode deixar entrar até um duende, não me importo.

Só faltava o promotor reconhecer que ele estava errado ao fazer aquele interrogatório, e voltar para junto da esposa.

– Escute, Pelagueia – disse ele –, você pegou meu roupão para lavar. Onde está ele?

– Ah, senhor, desculpe, esqueci de colocar de volta na cadeira. Está pendurado num prego junto do fogão...

Tateando, Gáguin encontrou o roupão junto do fogão, vestiu-o e, sem ruído, foi para o seu quarto.

Desde que o marido saíra, Mária Mikháilovna havia se deitado na cama à sua espera. Durante uns três minutos ela se manteve calma, depois a preocupação começou a torturá-la.

"Como ele está demorando!", pensava ela. "Ainda está bom se quem está lá é o tal... cínico, mas, e se for um ladrão?"

E sua imaginação novamente desenhou um quadro: o marido entra na cozinha escura... um golpe de machado... ele morre sem emitir um som... o sangue forma uma poça...

Passaram-se cinco minutos, cinco e meio e, finalmente, seis... Na sua testa apareceram gotas de suor frio.

– Basile! – esganiçou ela. – Basile!

– Por que está gritando? Estou aqui... – ouviu ela a voz e os passos do marido. – Estão te matando, por acaso?

O promotor se aproximou da cama e sentou-se na beirada.

– Não há ninguém lá – disse ele. – Você teve uma alucinação, sua maluca... Pode se acalmar, a bobalhona da sua Pelagueia é tão virtuosa como a patroa dela. Mas como você é medrosa! Você, hein...

E o promotor, que tinha perdido totalmente o sono, ficou provocando sua esposa.

– Mas que medrosa! – ria ele. – Amanhã mesmo vá ao médico para tratar da alucinação. Você é psicopata!

– Senti cheiro de alcatrão... – disse a esposa. – Alcatrão ou... algo assim como cebola... sopa de repolho.

– É... Há algo no ar... Estou sem sono! Sabe de uma coisa, vou acender uma vela... Onde temos fósforos? A propósito, vou lhe mostrar a fotografia do procurador da Câmara Forense. Ontem ele se despediu de nós e deu a cada um sua fotografia. Autografada.

Gáguin riscou o fósforo na parede e acendeu a vela. Mas, antes que ele desse um passo para longe da cama, para ir apanhar a fotografia, às suas costas ressoou um grito estridente de dilacerar o coração. Virando-se, ele viu os dois olhos arregalados de sua esposa fixos nele, cheios de espanto, horror e raiva...

– Você tirou seu roupão na cozinha? – perguntou ela, empalidecendo.

– Por quê?

– Olhe para você!

O promotor olhou-se e deu um grito. Nos seus ombros, em vez do roupão, pendia um capote de bombeiro. Como ele veio parar nos seus ombros? Enquanto ele tentava responder a essa pergunta, a esposa desenhava em sua imaginação um novo quadro terrível, impossível: escuridão, silêncio, sussurros etc...

15 de setembro de 1886

O ORADOR

Numa bela manhã, estava sendo enterrado o assessor colegial Kirill Ivânovitch Vavilônov. Ele havia morrido de duas doenças muito difundidas em nosso país: esposa raivosa e alcoolismo. Quando o cortejo fúnebre se dirigia da igreja para o cemitério, um dos colegas do morto, um certo Poplávski, tomou um coche de aluguel e foi às pressas à casa do seu amigo Grigóri Petróvitch Zapóikin[1], sujeito jovem, mas já bastante popular. Como é do conhecimento de muitos leitores, Zapóikin possui o raro talento de pronunciar discursos de improviso em casamentos, jubileus e enterros. Ele pode discursar em qualquer situação: meio dormindo, em jejum, caindo de bêbado, ardendo em febre. Seu discurso flui suavemente, sem percalços, de forma abundante, como a água que sai do cano. No seu vocabulário de oratória há mais palavras de consternação do que o número de baratas em qualquer taverna. Ele sempre fala durante muito tempo, de maneira eloquente, de modo que, às vezes, especialmente em casamentos de comerciantes, para fazê-lo parar é necessário recorrer à polícia.

– Vim procurar você, irmão! – disse Poplávski, encontrando-o em casa. – Vista-se imediatamente e venha comigo. Morreu um dos nossos, nós o estamos despachando para o outro mundo, de modo que é preciso, irmão, dizer alguma bobagem de despedida... Você é nossa esperança. Se tivesse morrido algum peixe pequeno, não íamos te incomodar, mas trata-se de um secretário... Um dos pilares da chancelaria, por assim dizer. Não fica bem enterrar um figurão desses sem um discurso.

– Secretário, é? – bocejou Zapóikin. – Aquele beberrão?

– É. Vai haver panquecas, tira-gostos... Você vai receber dinheiro para voltar de coche. Vamos, meu querido! Solte

1. Sobrenome fictício formado a partir da palavra *zapói* – bebedeira, carraspana. (N.T.)

lá no túmulo uma peça de oratória das mais ciceronianas e todos vão lhe agradecer!

Zapóikin concordou de bom grado. Ele arrepiou seus cabelos, botou na cara um ar melancólico e saiu com Poplávski para a rua.

– Eu conheci seu secretário – disse ele, sentando-se no carro. – Espertalhão e besta como poucos – que tenha o reino dos céus.

– Ora, não fica bem, Gricha, xingar os defuntos.

– Eu sei, *aut mortuis nihil bene*[2], mas, de qualquer maneira, ele era um vigarista.

Os amigos alcançaram o cortejo fúnebre e se uniram a ele. O defunto era conduzido lentamente, de modo que, antes de chegar ao cemitério, eles tiveram tempo de correr três vezes até a taverna e tomar um trago pela alma do morto. No cemitério foi rezada a litania. A sogra, a esposa e a cunhada, obedecendo aos costumes, choravam abundantemente. Quando baixavam o caixão à sepultura, a esposa chegou a gritar: "Deixem-me ir com ele!", mas ela não foi para a sepultura atrás do marido – provavelmente porque se lembrou da pensão. Zapóikin esperou que se fizesse silêncio, deu um passo à frente, percorreu todos com o olhar e começou:

– Devemos acreditar nos nossos olhos e nos nossos ouvidos? Não seria um sonho terrível este caixão, estes rostos lacrimosos, estes gemidos e clamores? Mas, que desgraça, isto não é um sonho, e nossa visão não nos engana! Aquele que há bem pouco tempo nós víamos tão saudável, vigoroso e puro como um jovem, que há bem pouco tempo, como uma abelha infatigável, trazia seu mel para a colmeia comum do bem-estar da pátria, aquele que... é o mesmo que se transformou agora em pó, em uma miragem material. A morte inexorável colocou sobre ele sua mão paralisante no momento em que, apesar de sua idade decrépita, estava ainda na aurora de suas forças e cheio de esperanças radiantes. É uma perda

---

2. Deturpação da frase latina *de mortuis aut bene aut nihil* (dos mortos, ou bem, ou nada). (Nota da edição russa)

irreparável! Quem vai substituí-lo para nós? Temos muitos funcionários bons, mas Prokófi Ossípytch era único. Era dedicado ao seu honesto dever até o fundo de sua alma, não poupava forças, não dormia, era desinteressado, incorruptível... Como ele desprezava aqueles que tentavam corrompê-lo em prejuízo do interesse comum, aqueles que o tentavam com ganhos sedutores para que ele traísse o seu dever! Sim, diante de nossos olhos, Prokófi Ossípytch distribuía seu pequeno salário entre os colegas mais pobres, e os senhores acabaram de ouvir os soluços das viúvas e dos órfãos que viviam da sua caridade. Dedicado ao dever do trabalho e às boas ações, ele não conhecia as alegrias da vida e até mesmo renunciou à família; os senhores sabem que até o fim dos seus dias ele permaneceu solteiro! E quem irá substituí-lo como companheiro para nós? Agora mesmo estou vendo seu rosto sem barba, que nos fitava enternecido, com um sorriso bondoso; agora mesmo estou ouvindo sua voz suave, terna, amigável. Descanse em paz, Prokófi Ossípytch! Que a terra lhe seja leve, honrado e nobre trabalhador!

Zapóikin continuava a falar, mas os ouvintes começaram a cochichar entre si. O discurso estava agradando, provocou até algumas lágrimas, mas muita coisa nele parecia estranha. Primeiro, não se entendia por que o orador o chamava de Prokófi Ossípytch, quando o nome dele era Kirill Ivânovitch Vavilônov! Segundo, todos sabiam que o finado havia guerreado a vida toda com sua esposa legítima, logo, não poderia ser solteiro; terceiro, ele tinha uma densa barba ruiva, que não cortou durante a vida inteira, e por isso não se podia entender por que o orador dizia que seu rosto era barbeado. Os ouvintes estavam perplexos, trocavam olhares e davam de ombros.

– Prokófi Ossípytch! – continuava o orador, cheio de inspiração, fitando a sepultura. – Seu rosto era feio, monstruoso até, você era taciturno e severo, mas todos nós sabíamos que sob essa casca visível batia um coração honesto e amigo!

Algum tempo depois, os ouvintes começaram a notar algo estranho no próprio orador. Ele olhava fixamente para um ponto e movia-se inquieto, e começou também a erguer os ombros. De repente, ele se calou, abriu a boca espantado e virou-se para Poplávski.

– Escute aqui, ele está vivo! – disse ele com terror no olhar.

– Quem está vivo?

– Prokófi Ossípytch! Olha lá, ele está ali perto daquele monumento!

– Mas não foi ele que morreu, foi Kirill Ivânovitch Vavilônov!

– Mas você mesmo disse que o secretário tinha morrido!

– Mas o secretário era Kirill Ivânovitch Vavilônov! Maluco, você confundiu! Prokófi Ossípytch foi mesmo nosso secretário antigamente, mas há dois anos ele foi transferido para a segunda seção como chefe.

– Ah, vá alguém entender vocês!

– Por que parou? Continue, não fica bem!

Zapóikin virou-se para o túmulo e, com a eloquência de sempre, continuou o discurso interrompido. Perto do monumento de fato estava Prokófi Ossípytch, um funcionário velho com rosto barbeado. Ele olhava para o orador com ar carrancudo e furioso.

– Como você foi fazer uma coisa dessas? – riam os funcionários, voltando do enterro junto com Zapóikin. – Enterrou um sujeito vivo!

– Não fica bem isso, rapaz! – resmungava Prokófi Ossípytch. – Seu discurso talvez sirva para um defunto mas, em relação a uma pessoa viva, é uma zombaria! Tenha dó, o que foi que o senhor disse? Desinteressado, incorruptível, não aceita subornos! A respeito de pessoas vivas, isso só pode ser dito como zombaria. E ninguém, meu senhor, lhe pediu para entrar em minúcias a respeito de minha cara. Feio, monstruoso, posso até ser, mas para que exibir minha fisionomia para todo mundo? Isso ofende, senhor!

29 de novembro de 1886

A obra de arte

Sacha Smirnov, único filho de sua mãe, fez uma cara amargurada e entrou no consultório do doutor Kochelkov com um pacote embrulhado no número 223 do jornal *Notícias da Bolsa de Valores*.

– Ah, meu bom rapaz! – disse o doutor, recebendo-o. – E então, como estamos de saúde? Que conta de bom?

Sacha pestanejou, pôs a mão no peito e disse com voz emocionada:

– Ivan Nikoláievitch, minha mãe lhe envia respeitosas saudações e manda agradecer ao senhor... Sou o único filho dela e o senhor salvou a minha vida... curando-me de uma doença grave... e nós dois não sabemos como lhe agradecer.

– Não é preciso, meu rapaz! – disse o doutor, desmanchando-se de satisfação. – Eu só fiz o que qualquer outro faria no meu lugar.

– Sou o único filho de minha mãe... Somos pessoas pobres e, naturalmente, não podemos pagar por seu trabalho, e... estamos muito envergonhados, doutor. Entretanto, a propósito, mamãe e eu... seu único filho... insistentemente pedimos que aceite, em sinal de nossa gratidão... este objeto, que... É um objeto muito valioso, de bronze antiquíssimo... Uma rara obra de arte.

– Não era necessário! – disse o doutor, franzindo o rosto. – Ora, para que isso?

– Não, por favor, não recuse – Sacha continuou a balbuciar, desembrulhando o pacote. – Se o senhor recusar, vai ofender a mim e à minha mãe... É um objeto muito bonito... de bronze, antiquíssimo... Era do meu finado pai, e nós o guardamos como uma lembrança muito querida... Meu paizinho comprava objetos antigos de bronze e os vendia aos apreciadores... Agora eu e mamãe fazemos esse trabalho.

Sacha desembrulhou o objeto e colocou-o solenemente sobre a mesa. Era um candelabro não muito alto, de bronze antigo, trabalhado artisticamente. Nele estava representado um grupo: no pedestal havia duas figuras femininas em trajes de Eva, em poses que a mim faltam coragem e temperamento adequado para descrever. As figuras sorriam de maneira tão maliciosa e sua aparência era tal que davam a impressão de que, se não tivessem de sustentar o castiçal, elas saltariam do pedestal e promoveriam na sala algo tão despudorado que é até imoral imaginar, meu caro leitor.

Ao ver o presente, o doutor coçou devagar atrás da orelha, gaguejou e assoou o nariz, indeciso.

– De fato é uma coisa realmente linda – murmurou ele –, mas... como me expressar? Não seria excessivamente fora dos padrões? Já nem é decotada demais, não se sabe que diabo é isso...

– Por que o senhor diz isso?

– Nem a serpente que tentou Eva poderia pensar em algo mais abominável. Eu digo isso porque colocar sobre a mesa uma fantasmagoria dessas é o mesmo que enxovalhar toda a casa.

– Que maneira estranha o senhor tem de ver a arte, doutor! – ofendeu-se Sacha. – Pois se trata de um trabalho artístico, examine bem! Quanta beleza e arte! Enche o espírito de sentimento de veneração e faz brotar lágrimas nos olhos! Quando se vê uma beleza dessas, esquece-se de tudo que é terreno... Veja o movimento, a massa de ar, a expressão!

– Entendo isso perfeitamente, meu querido – disse o doutor interrompendo-o –, mas acontece que eu tenho família, meus filhinhos correm por aqui, costumam vir senhoras.

– Claro, se olhar do ponto de vista da maioria, este objeto altamente artístico vai ser visto de outra forma... Mas, doutor, fique acima da multidão, ainda mais porque, com sua recusa, o senhor vai magoar profundamente a mim e à mamãe. Sou o único filho de minha mãe... O senhor salvou a minha vida... Estamos entregando ao senhor a coisa mais preciosa que temos, e... eu só lamento que o senhor não tenha um par para esse candelabro...

– Obrigado, meu querido, estou muito grato... Transmita minhas saudações à sua mãe, mas, por Deus, julgue o senhor mesmo, meus filhinhos vivem correndo por aqui, recebo senhoras... Está bem, afinal, que fique! Vejo que é impossível mudar sua cabeça.

– Não há o que mudar neste caso – disse Sacha alegremente. – Coloque este candelabro aqui, junto do vaso. Mas que pena não termos o par! É uma pena! Bem, então adeus, doutor.

Quando Sacha saiu, o médico ficou muito tempo olhando para o candelabro, coçando atrás da orelha e pensando.

"É uma coisa magnífica, não há dúvida, e dá pena jogar fora... Mas deixá-la aqui é impossível... Hum... Que problema! A quem eu poderia dar de presente ou doar?"

Depois de longa reflexão, ele se lembrou de seu grande amigo, o advogado Úkhov, a quem devia favores pela condução de um caso.

– Excelente – decidiu o doutor. – Ele, por ser meu amigo, fica sem graça de cobrar de mim, e será muito decente se eu o presentear com alguma coisa. Vou levar para ele esta coisa diabólica! Vem a calhar, pois ele é solteiro e frívolo...

E, para não adiar indefinidamente o caso, o doutor se vestiu, pegou o candelabro e foi à casa de Úkhov.

– Olá, amigo – disse ele ao advogado, que estava em casa. – Vim vê-lo. Vim agradecer, irmão, por seu trabalho... Já que não quer cobrar, aceite pelo menos esta coisinha... isto aqui, meu irmão... É uma coisinha de primeira!

Ao ver a coisinha, o advogado ficou num entusiasmo indescritível.

– Mas que coisa maravilhosa! – disse ele, dando uma gargalhada. – Ah, com os diabos, os demônios inventam cada uma! Estupendo! Deslumbrante! Onde você conseguiu essa maravilha?

Após dar vazão ao seu entusiasmo, o advogado olhou amedrontado para as portas e disse:

– Só que, irmão, leve daqui o seu presente. Não posso ficar com ele...

– Por quê? – assustou-se o doutor.

– É porque... minha mãe costuma vir aqui, os clientes também... e eu fico sem jeito diante dos criados.

– Na-na-ni-na-não! Não ouse recusar! – disse o médico, abanando as mãos. – Seria baixeza de sua parte! É uma obra de arte... quanto movimento... veja a expressão... E você diz que não quer! Vai me ofender!

– Se pelo menos estivesse dissimulado, quem sabe se com umas folhas de parreira...

Mas o médico sacudiu ainda mais as mãos, saiu rapidamente do apartamento de Úkhov e foi para casa, satisfeito por ter se livrado do presente.

Depois que ele saiu, o advogado examinou longamente o candelabro, tocou-o por todos os lados com os dedos e, do mesmo modo que o doutor, ficou quebrando a cabeça muito tempo em cima da questão: o que fazer com o presente?

"É uma coisa maravilhosa", raciocinava ele, "e jogar fora é uma pena, mas ficar com ela não é decente. O melhor a fazer é dar de presente a alguém... Eis o que vou fazer: vou levar este candelabro hoje à noite para o comediante Cháchkin. O canalha gosta de coisas desse tipo, e, a propósito, hoje vai haver um espetáculo beneficente para ele..."

Dito e feito. À noite, o candelabro, cuidadosamente embrulhado, foi levado para o comediante Cháchkin. Durante toda a noite o camarim do ator foi tomado de assalto por homens que vinham admirar o presente; o tempo todo, no camarim se ouvia um zum-zum e risadas parecidas com relinchos de cavalos. Se alguma atriz se aproximava da porta perguntando: "Posso entrar?", imediatamente se ouvia a voz rouca do comediante:

– Não, não, querida! Não estou vestido!

Depois do espetáculo, o comediante ergueu os ombros, abriu os braços e disse:

– E agora, onde vou enfiar essa porcaria? Eu moro num apartamento alugado. Atrizes me visitam! Isto não é uma fotografia, não se pode esconder na gaveta!

– O senhor faça o seguinte: venda – aconselhou o cabeleireiro, que estava ajudando o comediante a tirar a roupa. – No subúrbio mora uma velha que compra bronze antigo... Vá até lá e procure por Smirnova... Todo mundo a conhece.

O comediante obedeceu...

Uns dois dias depois, o doutor Kochelkov estava sentado no seu consultório, com um dedo na testa, pensando sobre os ácidos biliares. De repente a porta se abriu e no gabinete entrou correndo Sacha Smirnov. Ele estava sorridente, radiante, e toda a sua figura expressava felicidade... Tinha nas mãos um objeto embrulhado em jornal.

– Doutor! – disse ele, sem fôlego. – Imagine a minha alegria! Para sua sorte, conseguimos o par do seu candelabro! Mamãe está tão feliz! Sou seu único filho... o senhor salvou a minha vida...

E Sacha, tremendo de gratidão, colocou o candelabro diante do médico. O doutor escancarou a boca, quis falar alguma coisa, mas não disse nada: sua língua ficou paralisada.

13 de dezembro de 1886

Mau tempo

Nas janelas escuras batiam grossas gotas de chuva. Era uma daquelas chuvas aborrecidas que ocorrem nas casas de campo e que, quando começam, geralmente duram muito tempo, várias semanas, até o veranista enregelado se acostumar e mergulhar numa apatia profunda. Fazia frio, sentia-se a umidade cortante e desagradável. A sogra do advogado Kváchin e a esposa deste, Nadejda Filípovna, metidas em impermeáveis e xales, estavam sentadas à mesa da sala de jantar. No rosto da velha estava escrito que, graças a Deus, ela tinha o que comer e o que vestir, estava com saúde, havia casado sua única filha com um homem bom e agora podia jogar baralho com a consciência tranquila. A filha, uma loura baixa e gorda de uns vinte anos, com uma cara submissa e anêmica, lia um livro com os cotovelos apoiados na mesa. A julgar por seus olhos, ela não estava propriamente lendo, e sim pensando sobre coisas que não havia no livro. Ambas estavam em silêncio. Ouvia-se o barulho da chuva, e da cozinha chegavam bocejos prolongados da cozinheira.

O advogado Kváchin não estava em casa. Nos dias chuvosos ele não ia para a casa de veraneio e ficava na cidade; o tempo úmido do campo piorava sua bronquite e atrapalhava seu trabalho. Ele era de opinião de que o céu cinzento e gotas de chuva nas janelas tiram o ânimo e causam melancolia, mas na cidade, onde há mais conforto, quase não se sente o mau tempo.

Depois de duas partidas de paciência, a velha embaralhava as cartas e deu uma olhada na filha.

– Estava pensando se amanhã vai fazer tempo bom e se o nosso Aleksei Stepânitch virá – disse ela. – Já é o quinto dia que ele não vem... É um castigo de Deus esse tempo...

Nadejda Filípovna olhou indiferente para a mãe, levantou-se e ficou caminhando de um lado para o outro.

– Ontem o barômetro subiu – disse ela pensativa –, mas hoje, dizem, está baixando de novo.

A velha arrumou as cartas em três longas fileiras e balançou a cabeça.

– Está com saudade dele? – perguntou ela, olhando para a filha.

– É claro!

– Percebi. E por que não haveria de sentir saudade? É o quinto dia que ele não vem. Antes, em maio, ele ficava no máximo dois dias sem vir, ou três, que seja, mas agora, é brincadeira? Cinco dias! Eu não sou a mulher dele e mesmo assim sinto falta. Ontem, quando me disseram que o barômetro estava subindo, eu mandei matar um franguinho para ele, para Aleksei Stepânitch, e também mandei limpar umas carpas. Eu sei que ele gosta. Seu finado pai não podia nem ver peixe, mas ele gosta. Sempre come com apetite.

– Meu coração sofre por ele – disse a filha. – Para nós é aborrecido, mas para ele, mamãe, é ainda pior.

– Sem dúvida! O dia inteiro nos tribunais e à noite sozinho no apartamento, como uma coruja.

– Isso é horrível, mamãe, ele lá sozinho, sem criados, sem ninguém para acender o samovar ou lhe servir água. Por que não pode contratar um criado durante o verão? E, de modo geral, para que esta casa de campo, se ele não gosta? Eu disse a ele: "Não precisa". Mas não. "É para sua saúde", ele disse. Como pode ser para minha saúde? Se eu fico doente porque ele tem de suportar essas torturas por minha causa!

A filha deu uma espiada por cima do ombro da mãe, viu um erro no jogo e se inclinou para corrigi-lo. Fez-se silêncio. As duas olhavam para as cartas e imaginavam Aleksei Stepânitch sozinho e abandonado na cidade, no seu escritório sombrio e vazio, trabalhando, faminto, exausto, morto de saudades da família.

– Mamãe, sabe de uma coisa? – disse de repente Nadejda Filípovna, com os olhos radiantes. – Se amanhã o tempo estiver como hoje, vou vê-lo na cidade! Pelo menos vou saber como ele está de saúde, dou uma olhada nele, faço um chá para ele.

E as duas se admiraram de não terem pensado antes numa coisa tão simples e fácil de executar... Era apenas meia hora de trem até a cidade e depois vinte minutos de coche. Elas conversaram ainda um pouco, depois, felizes, foram se deitar, as duas no mesmo quarto.

– Ô-hô-hô... Ó senhor, perdoe a nós, pecadores! – disse a velha suspirando, quando o relógio da sala bateu duas horas. – Estou sem sono!

– Você não está dormindo, mamãe? – perguntou a filha num sussurro. – Eu estou o tempo todo pensando em Aliocha[1]. Espero que ele não estrague sua saúde na cidade! Toma café e almoça não se sabe onde, em restaurantes e tavernas.

– Eu também já tinha pensado nisso – suspirou a velha. – Que a rainha do céu o proteja e conserve. E essa chuva!

Pela manhã a chuva já não batia nas janelas, mas o céu continuava cinzento como na véspera. As árvores tinham um ar triste e espalhavam respingos a cada lufada de vento. As pegadas humanas nos caminhos lamacentos, as canaletas e trilhas, tudo estava cheio de água. Nadejda Filípovna decidiu partir para a cidade.

– Diga a ele que mando lembranças – disse a velha, agasalhando a filha. – Diga que deixe de lado um pouco seus tribunais... É preciso descansar. E que proteja bem o pescoço quando sair à rua: o tempo está um horror! Ah, leve para ele o franguinho. Não importa que esteja frio, pelo menos é feito em casa, melhor que o da taverna.

A filha partiu, dizendo que voltaria no trem da noite ou no dia seguinte de manhã.

Mas ela voltou bem mais cedo, antes do almoço, quando a velha estava no quarto, sentada sobre a arca, dormitando e pensando no que assar para o genro à noite.

A filha entrou no quarto, pálida, desesperada, e, sem dizer uma palavra e nem mesmo tirar o chapéu, jogou-se na cama e deitou a cabeça sobre o travesseiro.

– Mas o que há com você? – espantou-se a mãe. – Por que voltou tão cedo? Onde está Aleksei Stepânitch?

---

1. Apelido do nome Aleksei. (N.T.)

Nadejda Filípovna levantou a cabeça e olhou para a mãe com olhos secos e suplicantes.

– Ele está nos enganando, mamãe! – pronunciou ela.

– Por Cristo, o que você está dizendo? – assustou-se a velha, e a touca escorregou de sua cabeça. – Quem iria nos enganar? Deus tenha piedade!

– Ele está nos enganando, mamãe! – repetiu a filha, e seu queixo estremeceu.

– De onde você tirou essa ideia? – gritou a velha, empalidecendo.

– Nosso apartamento está fechado. O zelador disse que nos últimos cinco dias Aliocha não esteve em casa nem uma vez. Ele não está morando lá! Não está na nossa casa! Na nossa casa!

Ela agitou os braços e começou a chorar alto, dizendo apenas:

– Não está na nossa casa! Não está na nossa casa!

E teve uma crise de histeria.

– Mas o que está acontecendo? – murmurou a velha, apavorada. – Pois faz três dias que ele escreveu dizendo que não sai de casa! Onde está dormindo? Meu santo!

Nadejda Filípovna estava tão débil que não conseguia nem tirar o chapéu da cabeça. Girava os olhos, apalermada, como se lhe tivessem dado um narcótico, e agarrava febrilmente as mãos da mãe.

– Olha em quem ela foi acreditar: no zelador! – disse a velha, agitando-se em volta da filha e chorando. – Que criatura ciumenta! Ele não iria trair você... E como ele se atreveria a trair? Por acaso somos ninguém? Apesar de sermos da classe dos comerciantes, ele não tem o direito de trair, pois você é sua esposa legítima! Nós podemos dar queixa! Dei vinte mil de dote por você! Você não se casou sem dote!

E a velha começou também a soluçar, abanou a mão e, perdendo as forças, deitou-se na sua arca. As duas não notaram que no céu apareceram manchas azuis e que as nuvens estavam ficando mais ralas, que na grama do jardim brilhou o primeiro e cauteloso raio de sol e que os pardais, alegres, pulavam junto das poças, nas quais se refletiam as nuvens retirantes.

À noitinha chegou Kváchin. Antes de sair da cidade, ele passou no seu apartamento e soube pelo zelador que, na sua ausência, sua esposa estivera lá.

– Cheguei! – disse ele alegremente, entrando no quarto da sogra e fingindo não notar os rostos chorosos e severos. – Cheguei! Faz cinco dias que não nos vemos!

Ele beijou apressadamente as mãos da esposa e da sogra e, com o ar de uma pessoa que está alegre por ter concluído um trabalho árduo, atirou-se na poltrona.

– Ufa! – disse ele, expirando todo o ar dos pulmões. – Como estou exausto! Mal consigo ficar sentado! Nos últimos cinco dias foi como se estivesse vivendo em acampamentos. Não estive na nossa casa nem uma vez, pode imaginar? Todo esse tempo ocupado com o concurso de Chipunov e de Ivântchikov e trabalhando com Galdêiev no escritório dele, anexo à loja... Não comia nem bebia, dormi sobre um banco, com frio... Não tive um momento livre, não havia tempo nem para dar uma chegadinha em casa. Então, Nádiucha, eu não fiquei em casa...

Com as mãos na cintura, como se sentisse dor nas cadeiras em consequência do trabalho, Kváchin olhava de esguelha para a esposa e a sogra, tentando saber o efeito que havia produzido sua mentira, ou, como ele a chamava, sua diplomacia. A sogra e a esposa olhavam uma para a outra com um espanto alegre, como se inesperadamente tivessem recuperado um objeto precioso que haviam perdido...

– Ah, meu querido – disse a sogra, levantando-se subitamente –, por que estou aqui sentada? Um chá! Rápido, tragam chá! Quem sabe você quer comer?

– Claro que quer! – disse a esposa, arrancando da cabeça o lenço embebido em vinagre. – Mamãe, traga rápido vinho e tira-gostos! Natália, arrume a mesa! Ah, meu Deus, não há nada pronto!

Assustadas, felizes, as duas se agitaram e ficaram correndo de um cômodo para outro. A velha não podia evitar o riso ao ver sua filha, que acabara de caluniar uma pessoa totalmente inocente e que agora estava envergonhada...

Pouco tempo depois a mesa estava posta. Exalando um odor de vinho madeira e de licores, com dificuldade para respirar devido ao estômago cheio, Kváchin queixava-se da fome e esforçava-se para mastigar, falando sem parar do concurso de Chipunov e de Ivântchikov. Enquanto isso, a esposa e a sogra não tiravam os olhos dele e pensavam: "Nosso Aliocha é tão inteligente e carinhoso! Ele é tão bonito!".

"Vale a pena!", pensava Kváchin após o jantar, deitando-se sobre o edredom grande e fofo. "Apesar de sua origem de comerciantes, do seu sangue asiático, elas têm um encanto próprio, e um dia ou dois por semana pode-se passar aqui com prazer..."

Ele se cobriu, agasalhou-se e disse, adormecendo:

– Vale a pena!

8 de junho de 1887

Um entre muitos

Faltando uma hora para a partida do trem, um pai de família, que está passando o verão numa casa de campo, dá uma chegada na casa de um amigo e, exausto, senta-se no divã. Ele traz nos braços um globo de vidro para lâmpada, um velocípede e um caixãozinho de bebê.

– Ah, meu caro, meu amigo... – murmura ele sem fôlego, movendo os olhos com ar abobalhado. – Tenho um pedido a lhe fazer. Eu lhe imploro por Cristo nosso Senhor: empreste-me um revólver até amanhã. Seja meu amigo.

– Para que você quer um revólver?

– Eu preciso... Ai, meu Deus! Me dê um pouco d'água! Eu preciso... À noite vou ter de passar por um bosque escuro, por isso eu... por precaução... Empreste, faça esse favor!...

O amigo olha para o rosto pálido e sofrido do pai de família, para a sua testa suada, para seu olhar transtornado e dá de ombros.

– Ah, você está mentindo, Ivan Ivânytch! – diz ele. – Que bosque escuro que nada, diabo! Você com certeza está maquinando alguma coisa! Pela sua cara dá para ver que não é boa coisa. O que há com você? Por que está carregando esse caixão? Escute, você não está bem!

– Me dê água... Ó meu Deus... Espere, deixe-me tomar fôlego... Estou exausto como um cão vadio. No meu corpo todo e na minha cabeça tenho a sensação de que tiraram todas as minhas veias e assaram no espeto. Não aguento mais... Seja meu amigo, não pergunte nada, não queira saber dos pormenores... Me dê o revólver, eu lhe imploro!

– Ah, já chega! Ivan Ivânytch, que fraqueza é essa? Um pai de família, conselheiro de Estado! Tenha vergonha!

– É fácil criticar os outros quando você próprio vive aqui na cidade e não conhece essas malditas casas de campo... Me dê mais água... Se ficasse um pouco no meu lugar, ia cantar diferente... Sou um sofredor! Sou uma besta de carga, um escravo, um patife que ainda está esperando alguma coisa e não resolve se despachar para o outro mundo! Sou um trapo, um palhaço, um idiota! Para que eu vivo? Para quê?

O pai de família ergue-se de um salto e, agitando desesperadamente os braços, caminha pelo escritório.

– Então me diga, para que eu vivo? – grita ele, avançando para o amigo e agarrando um botão de sua roupa. – Para que essa série incessante de sofrimentos morais e físicos? Eu compreendo que uma pessoa pode ser um mártir por uma ideia, sim! Mas ser um mártir sabe-se lá por que, pelas saias de uma mulher, por caixõezinhos de bebê – não, muito obrigado! Não, não e não! Para mim, chega! Chega!

– Não grite, os vizinhos vão ouvir!

– Que ouçam, não me importa! Se você não me emprestar um revólver, outra pessoa emprestará, e não vou estar mais entre os vivos! Está decidido!

– Espere, você arrancou o meu botão... Fale friamente. Ainda não entendi por que sua vida é tão ruim assim.

– Por quê? Você pergunta por quê? Pois bem, eu lhe conto! Pois bem! Vou me abrir com você, talvez eu me sinta mais aliviado. Vamos nos sentar... Vou ser breve, porque ainda tenho de ir até a estação e também dar uma passada no Tiutriumov, para comprar duas latas de anchovas e uma libra de marmelada para Mária Ossípovna, que os demônios lhe arranquem a língua no outro mundo! Bem, ouça... Vamos tomar como exemplo o dia de hoje. Vamos lá. Como você sabe, de dez da manhã até as quatro da tarde tenho de me esgoelar na repartição. Calorão, abafamento, moscas e um caos mais do que intolerável. O secretário saiu de férias, Khrápov afastou-se para se casar, os barnabés da repartição se mudaram para o campo e estão ocupados com namoricos e espetáculos amadores. Eles chegam sonolentos, quase mortos, macilentos, e não se consegue nada deles, nem com argumentos, nem com gritos... O cargo de secretário está sendo exercido por um sujeito surdo de um ouvido e apaixonado, que mal distingue o que deu entrada do que deve ser despachado; o tapado não entende de nada e sou obrigado a fazer tudo para ele. Sem o secretário e sem Khrápov, ninguém sabe onde estão as coisas, para onde enviar isso ou aquilo, e os requerentes ficam atônitos, correm de um lado para o outro, têm pressa, se irritam, ameaçam – uma balbúrdia, uma calamidade tal, que dá vontade de gritar "Socorro!" Uma confusão e total pandemônio... E o trabalho é infernal: sempre a mesma coisa, sempre a mesma coisa, informação, relatório, informação, relatório – sempre igual, como as ondas do mar. Os olhos simplesmente quase saem das órbitas – entende? –, e para aumentar ainda mais meu sofrimento, o chefe está se separando da esposa e está sofrendo, por isso geme e fica com um humor dos diabos, e assim ninguém tem sossego. É insuportável.

O pai de família levanta-se bruscamente e torna a sentar-se.

– Tudo isso não é nada. Escute o resto! – diz ele. – Você termina o atendimento morto, extenuado; nesse momento, tudo o que quer é almoçar e cair na cama, mas não! Lembre-se de que você é um veranista, ou seja, um escravo, um traste, uma esponja, e tenha a bondade, como um imbecil, de correr agora mesmo pela cidade e cumprir as incumbências. Nas nossas casas de campo instituiu-se um costume muito meigo: se um veranista vai à cidade, não somente sua esposa, mas também toda a gentalha que está veraneando tem poder e direito de pendurar nele um monte de incumbências. A esposa exige que eu vá xingar a modista porque o corpete ficou largo e os ombros ficaram estreitos; é preciso trocar os sapatos de Sônia; para a irmã da esposa, é preciso comprar vinte copeques de seda escarlate, igual à amostra, e três archins[1] de cadarço... Espere aí, vou ler para você.

O pai de família tira do bolso do colete um bilhete amassado e lê com fúria:

– "Globo para lâmpada; uma libra de linguiça de pernil; cinco copeques de cravo e canela; óleo de rícino para Micha; dez libras de açúcar cristal; pegar em casa a bacia de cobre e o pilão para açúcar; ácido fênico; vinte copeques de açúcar de vanilina; vinte garrafas de cerveja e uma garrafa de essência de vinagre; um espartilho para *mademoiselle*

1. Archin: antiga medida de comprimento russa equivalente a 71 centímetros. (N.T.)

Chanseau nº 82 na casa de Gvózdev, e pegar em casa o agasalho de verão e as galochas de Micha." Essas são as ordens de minha esposa e familiares. Agora, as incumbências dos amáveis conhecidos e vizinhos, que o diabo os devore! O filho dos Vlássin, Volódia, faz aniversário amanhã, e é preciso levar um velocípede para ele; o bebê dos Kúrkin morreu e eu tenho de comprar o caixãozinho; na casa de Mária Mikháilovna estão fazendo geleias, por isso toda semana eu levo para ela meio *pud* de açúcar; a mulher do subcoronel Víkhrin está em estado interessante; eu não tenho nenhuma culpa nisso, mas, por alguma razão, sou obrigado a passar na casa da parteira e dizer-lhe para ir tal dia assim, assim... E nem há o que dizer de incumbências como cartas, salame, telegramas, pó dental. Tenho cinco bilhetinhos nos meus bolsos. É impossível recusar as incumbências: não fica bem, é falta de amabilidade! Com os diabos! Empurrar para uma pessoa um *pud* de açúcar e a parteira – é decente –, já recusar – *quelle horreur*[2]! É a última palavra em falta de decoro! Se eu recusar alguma coisa aos Kúrkin, minha esposa vai logo se levantar: o que dirá a princesa Mária Alekséieva[3]? Oh! Ah! Depois, você não escapará de desmaios, com os diabos!

"Desse modo, meu caro, no intervalo entre a saída do trabalho e o trem, você corre pela cidade como um cão, com a língua de fora; corre e amaldiçoa sua vida. Da loja para a farmácia, da farmácia para a modista, da modista para a fiambreria, e de lá de novo para a farmácia. Aqui, você tropeça; lá, você perde o dinheiro; num terceiro lugar, você se esquece de pagar e saem correndo atrás de você, fazendo escândalo; num quarto lugar, você pisa no manto de uma senhora... Que porcaria! Com uma ginástica dessas você fica tão deplorável e tão quebrado, que depois a noite inteira seus ossos estalam e você tem cãibras. Bem, mas as incumbências foram cumpridas, tudo foi comprado e, agora, como você vai empacotar toda essa história? Como, por exemplo, você vai

2. Que horror! (N.A.)

3. Frase, um pouco modificada, da comédia de Aleksandr Griboiédov *A desgraça de ter inteligência*. Os russos a usam com o sentido de: "O que a sociedade vai dizer?". (N.T.)

colocar num mesmo embrulho um almofariz pesado de bronze, um pilão e um globo de vidro, ou ácido fênico com chá? Destrinche isso. Como você combina num só volume as garrafas de cerveja e este velocípede? Isso, irmão, é um trabalho para egípcios, um problema para os inteligentes, um rébus! Não importa como você embrulhe e combine as coisas, no final, com certeza algo vai rachar ou vazar, e na estação ou no trem você vai ficar em pé, com os dois braços abertos, todo desengonçado e segurando com o queixo alguma trouxa, pendurado de saquinhos, caixinhas e outras porcarias do gênero. E quando o trem parte, o público começa a enfiar por todos os lados a sua bagagem: você, com suas coisas, ocupou lugar alheio. Gritam, chamam o condutor, ameaçam botá-lo para fora do trem, e o que se pode fazer? Não posso atirar tudo pela janela! 'Despache como bagagem!' É fácil dizer, mas, para isso, preciso de uma caixa, é necessário empacotar toda essa porcaria, e onde eu vou achar todos os dias uma caixa e como vou colocar junto o pilão e o globo de vidro? E assim, por todo o caminho, no vagão é essa gritaria e ranger de dentes, enquanto você não chega ao seu destino. Espere só o que as passageiras vão cantar para mim hoje por causa deste caixãozinho! Ufa! Mais um pouco d'água, irmão. Agora escute mais. Dar incumbências é normal, já dar dinheiro para as despesas – uma figa! Gastei um dinheirão e só vou receber a metade. Este caixãozinho eu vou enviar para os Kúrkin por meio da minha empregada, mas eles estão passando por um momento de dor, e assim não é hora de pensar em dinheiro. De modo que vou ficar sem receber. Não posso lembrar que me devem, principalmente para as damas – não posso, nem que me matem. Rublos, vá lá, enrolam mas pagam, mas copeques – dê por perdidos. Bem, mas eu cheguei à minha casa de campo. Qualquer um merece tomar uma boa bebida pelo seu honesto trabalho, comer e se deitar – não é verdade? Mas não é o que acontece. Minha cara-metade está à minha espera há muito tempo. Mal você termina de tomar a sopa, ela passa a mão no escravo de Deus e: 'Não quer ir assistir a um espetáculo de amadores ou a um grupo de dança?' Nem pense em protestar. Você é o marido, e a palavra 'marido', na linguagem feminina, significa trapo, idiota, animal mudo, que pode ser montado e serve como burro de carga, a bel-prazer delas, sem temor de que a sociedade de proteção aos animais se intrometa. Você vai e arregala os olhos, vendo *Escândalo numa família aristocrática* ou *Mótia*[4], aplaude por ordem de sua esposa, sentindo que, já, já, você vai sucumbir. E no grupo de dança, fique assistindo e procurando um par para sua esposa, e se há falta de cavalheiros, faça você mesmo a gentileza de dançar a quadrilha. Você dança com alguma Zarolha Ivânovna, sorri como um imbecil, pensando: 'Até quando, senhor?!'. Volta para casa à meia-noite, vindo do teatro ou da dança, e já não se sente um ser humano, e sim um traste que se pode jogar fora. Mas, finalmente, você conseguiu o que queria: tirou a roupa e deitou-se na cama. Pode fechar os olhos e dormir... Perfeito... Tudo é tão bom: quentinho, as crianças no quarto ao lado não estão dando nem um pio, a esposa não está perto, a consciência está tranquila – não se quer nada melhor. Você adormece e, de repente... de repente você escuta: zzz... Mosquitos! Mosquitos, que sejam três vezes malditos! Hereges, malditos mosquitos!"

O pai de família ergue-se num salto e agita os braços.

– Mosquitos! São uma praga do Egito, a Inquisição! Zzz... Zunem assim tão tristemente, como se estivessem se queixando ou pedindo perdão, mas quando mordem, os canalhas, você fica uma hora inteira se coçando. Você fuma um cigarro, dá tapas neles, se cobre até a cabeça – nada adianta! Você acaba desistindo e se entrega para o sacrifício: "me devorem, malditos!". Mal você se acostuma aos mosquitos, a esposa, na sala, começa a ensaiar romanças com seus amigos tenores. Durante o dia eles dormem, e à noite preparam-se para os espetáculos amadores. Oh, meu Deus! Os tenores são um sofrimento tão grande que nenhum mosquito lhes chega aos pés.

O pai de família faz uma cara de choro e canta:

– "Não diga que desperdiçou a juventude..."; "Estou de novo diante de ti encantado..."

---

4. Trata-se de peças leves, vaudeviles. (N.T.)

"Oh, cana-a-alhas! Me atormentem até dizer chega! Para abafar um pouco aquelas vozes eu tentei o seguinte truque: comecei a bater com os dedos nas têmporas, perto do ouvido. Fico batendo assim até as quatro horas, enquanto eles não vão embora... E quando eles se dispersam, outro castigo: aparece dona esposa e exige de minha pessoa seus direitos legais. Ela se derrete toda por lá com a lua e os tenores, e eu é que pago. Pode acreditar, eu vivo assustado, ao ponto de que, quando ela entra no meu quarto à noite, sinto calor e fico apavorado. Ai, me dê mais água, irmão... Bem, então, sem dormir direito, você levanta às seis horas e marcha direto para a estação. Você corre, com medo de se atrasar, no meio da lama, da névoa e do frio. Brrr! E, quando chega à cidade, começa tudo de novo. É isso, irmão... É uma vida infernal, não a desejo ao meu pior inimigo! Estou doente, entende? Falta de ar, azia, estou sempre com medo de alguma coisa, o estômago não faz a digestão... Em resumo: isso não é vida, é uma tristeza só! E ninguém tem pena, ninguém me apoia, é como se tivesse de ser assim mesmo. Ficam até rindo. É um marido veranista, um pai de família veranista, significa que merece tudo isso, e que morra, desgraçado. Mas entenda, eu sou um animal e quero viver! Não se trata de um vaudevile, mas de uma tragédia! Escute, se não vai me emprestar o revólver, pelo menos diga que tem pena de mim."

– Tenho pena de você.

– Estou vendo como você tem pena de mim... Adeus... Vou comprar os arenques e depois, para a estação.

– Onde fica sua casa de campo? – pergunta o amigo.

– Em Dókhlaia Retchka[5]...

– Conheço esse lugar... Escute, você conhece lá uma veranista chamada Olga Pávlovna Finberg?

– Conheço... Somos até amigos...

– Não diga! – exclama o dono da casa, com o rosto expressando surpresa e alegria. – E eu que não sabia! Nesse caso... meu querido, meu amigo, será que você poderia me fazer um favorzinho? Seja meu amigo, meu querido Ivan

5. Riacho Morto, em russo. (N.T.)

Ivânytch! Então, dê sua palavra de honra de que vai fazer esse favor!

– Mas o que é?

– Pela nossa amizade. Eu lhe imploro, meu querido. Em primeiro lugar, dê lembranças minhas a Olga Pávlovna. Em segundo, leve-lhe uma coisinha. Ela tinha me dado a incumbência de lhe comprar uma máquina de costura manual, mas não tenho por quem mandar. Leve para mim, meu querido!

O pai de família veranista olha durante um minuto para o amigo com ar aparvalhado, como se não estivesse entendendo, depois fica vermelho e começa a gritar e a bater com os pés:

– Tome, devore o indivíduo! Acabe com ele! Torture! Traga a máquina! Monte nela você mesmo! Água! Me dê água! Para que eu vivo? Para quê?

15 de junho de 1887

Os malfeitores

Narrativa de testemunhas oculares

Quando o empregado começou a enumerar as poucas comidas que era possível se conseguir na taverna, ele pensou um pouco e disse:

– Nesse caso, traga-nos duas porções de sopa de repolho e um frango, e pergunte ao patrão se vocês têm vinho tinto...

Depois todos o viram olhar para o teto e dizer ao empregado:

– Que coisa espantosa a quantidade de moscas que vocês têm aqui!

Estamos dizendo *ele* porque nem os empregados, nem o dono, nem os frequentadores da taverna sabiam quem era aquele indivíduo, sua classe social, de onde tinha vindo e para que estava na nossa cidade. Era um homem com ar importante, de meia-idade, vestido decentemente e, ao que parecia, bem-intencionado. Por sua roupa era possível até tomá-lo por um nobre. Vimos que ele tinha um relógio de ouro, um alfinete de gravata com uma pérola e, dentro do seu chapéu castor, vimos luvas com fecho moderno, como tínhamos visto antes com o vice-governador. Durante o almoço ele fazia de tudo para brilhar diante de nós por sua educação: segurava o garfo com a mão esquerda, enxugava-se com o guardanapo e franzia a cara quando caíam moscas na sua taça. Todo mundo sabe que onde há moscas a louça não fica limpa; não se trata nem dos frequentadores comuns, mas até pessoas como o comissário de polícia da cidade, o comissário de polícia rural, os fazendeiros que, de passagem, almoçam na taverna – esses nunca se queixam se lhes trazem um prato ou um cálice com sujeira de mosca; mas ele não comeu enquanto o empregado não lavou os pratos com água quente. Pelo visto, estava se exibindo e tentava se mostrar mais aristocrata do que era de fato.

Quando estavam servindo a sopa, aproximou-se de sua mesa um novo personagem, tão desconhecido como o primeiro, calvo, sem barba e com óculos de aro de ouro. Esse novo senhor estava com um terno de seda e também tinha um relógio de ouro. Ele falava o tempo todo em francês e olhava com curiosidade as comidas e os fregueses, de modo que não foi difícil reconhecer nele um estrangeiro. Quem era, de onde e para que tinha vindo à nossa cidade, nós também não sabíamos.

Ao comer a primeira colherada de sopa, ele, ou seja, o do alfinete de pérola, balançou a cabeça e disse com ironia:

– Esses palermas conseguem a proeza de fazer até o repolho fresco ficar com cheiro de podre. É impossível comer. Escute, meu querido, será possível que aqui todos vivam como porcos? Em toda a cidade é impossível conseguir um prato de sopa minimamente decente. É espantoso!

Depois ele ficou dizendo umas coisas em francês com seu amigo estrangeiro. Do que ele dizia, nós só lembramos da palavra *cochon*[1]. Quando tirou de dentro da sopa uma barata, ele se virou para o empregado e disse:

– Não pedi sopa com baratas. Idiota.

– Senhor – respondeu o empregado –, não fui eu que pus ela aí, foi ela mesma que caiu. Mas o senhor não se preocupe: as baratas não mordem.

Depois de comer o frango, ele mandou trazer uma folha de papel e um lápis e ficou desenhando uns círculos e escrevendo uns números. O estrangeiro não concordava e discutiu muito tempo com ele, abanando a cabeça em sinal de discordância. A folha de papel, toda riscada com círculos e números, o dono da taverna guarda até hoje; o fiscal das escolas públicas, a quem o proprietário mostrou esse papel, ficou muito tempo olhando aqueles círculos, depois suspirou e disse: "As perspectivas são negras!". Após pagar pelo almoço, ele, ou seja, o do alfinete de pérola, entregou ao empregado uma nota nova de cinco rublos. Se era verdadeira ou falsa nós não sabemos, pois não tivemos a ideia de examinar.

1. Porco. (N.A.)

– Escute, a que horas vocês abrem a taverna? – perguntou ele ao empregado.

– Assim que o sol nasce.

– Excelente. Amanhã às cinco horas viremos tomar chá. Deixe preparado, mas sem moscas. E você está sabendo o que vai acontecer amanhã? – perguntou ele, piscando maliciosamente um olho.

– Não sei não senhor.

– Ah! Amanhã de manhã vocês vão ficar surpresos e muito espantados.

Com essa ameaça, ele disse rindo alguma coisa para o estrangeiro e juntos eles saíram da taverna. Os dois passaram a noite na casa de Marfa Iegórovna, uma viúva solitária e virtuosa, que não tem culpa de nada e não pode ser acusada de cúmplice. Agora ela não para de chorar e tem medo de ser presa. Sabendo como ela pensa, nós garantimos que ela não tem culpa. Além do mais, julguem vocês mesmos: ao acolher forasteiros em sua casa, ela poderia conhecer com antecipação as intenções deles?

Na manhã seguinte, às cinco em ponto, os desconhecidos já estavam na taverna. Desta vez eles vieram com pastas, cadernos, livros e uns estojos com formas estranhas. Nas suas falas e movimentos podia-se notar preocupação e pressa. Ele, ou seja, o não estrangeiro, disse:

– De noroeste está vindo uma nuvem. Espero que não atrapalhe!

Após beber um copo de chá, ele chamou o dono da taverna e deu-lhe ordem para colocar na praça, perto da taverna, uma mesa e duas cadeiras. O dono, indivíduo sem instrução, mesmo pressentindo algo ruim executou a ordem. Os desconhecidos apanharam suas coisas, saíram da taverna e sentaram-se nas cadeiras perto da mesa. Ficaram sentados no meio da praça na frente de toda a gente – que idiotice! Conversando sobre algo um com o outro, eles espalharam sobre a mesa papéis, desenhos, vidros pretos e uns canudos. Quando o taverneiro timidamente se aproximou e se inclinou sobre a mesa, ele, ou seja, o do alfinete de pérola, afastou-o com o braço e disse:

– Não meta seu nariz grosso onde não deve.

Depois ele deu uma olhada no relógio, disse alguma coisa para o estrangeiro e ficou olhando através do vidro escuro para o sol. O estrangeiro pegou um dos tubos e ficou olhando para lá também... Pouco depois aconteceu uma desgraça terrível nunca antes vista. Todos nós de repente começamos a notar que o céu e a terra estavam ficando escuros, como se fosse uma tempestade se aproximando. E quando o estrangeiro largou o tubo, escreveu alguma coisa e pegou um vidro escuro, nós ouvimos alguém gritar:

– Senhores, o sol está sendo coberto!

De fato, uma coisa preta, muito parecida com uma frigideira, movia-se sobre o sol e o tapava. Vendo que já havia sumido metade do sol e que, mesmo assim, os desconhecidos continuavam a executar aquelas ações estranhas, alguns de nós dirigiram-se ao policial Vlássov e disseram:

– Policial, por que você não está prestando atenção nessa perturbação da ordem?

Ele respondeu:

– O sol não fica no meu distrito.

Graças à negligência das autoridades locais, em breve nós vimos o sol desaparecer completamente. Fez-se noite, e onde foi parar o dia ninguém sabia. No céu surgiram estrelas. Em consequência daquele anoitecer fora de hora, na nossa cidade ocorreram os seguintes fatos: todos nós ficamos terrivelmente assustados e aprontamos uma tremenda confusão. Sem saber o que fazer, ficamos correndo pela praça, apavorados, e, empurrando uns aos outros, gritávamos: "Policial! Policial!". Vacas, bois e cavalos (estava havendo uma feira de animais na nossa cidade), com os rabos levantados e berrando, espalharam-se pelas ruas, aterrorizados, assustando os moradores. Os cachorros ganiam. Os percevejos nos quartos das tavernas, pensando que já era noite, saíram de suas fendas e começaram a morder desesperadamente os que dormiam. O diácono Fantasmagórski, que naquele momento transportava da horta para sua casa uma carga de pepinos, ficou apavorado, saltou da carroça e escondeu-se debaixo da ponte, e seu cavalo invadiu com a carroça um quintal alheio, onde os pepinos foram comidos pelos porcos. O coletor Lstetsov, que não havia dormido em casa, e sim na casa da vizinha (no interesse da justiça, não podemos omitir esse detalhe), correu para a rua em roupas de baixo, meteu-se no meio da multidão e gritou com voz selvagem:

– Salve-se quem puder!

Muitas senhoras que foram despertadas pelo barulho correram para a rua sem mesmo calçar os sapatos. Aconteceu ainda muita coisa que nós decidimos contar somente a portas fechadas. Só quem não se assustou e manteve o sangue-frio foram os bombeiros, que naquele momento dormiam profundamente, o que nós nos apressamos em atestar. Tudo isso ocorreu no dia 7 de agosto, pela manhã.

Os desconhecidos, depois de causar toda essa sujeira, guardaram seus papéis nas pastas e, quando o sol voltou a aparecer, montaram na caleche e se mandaram não se sabe para onde. Quem são eles, até agora não sabemos. Informamos sua aparência. Ele, ou seja, o do alfinete de pérola: estatura mediana, rosto limpo, queixo normal, rugas na testa; o estrangeiro: estatura mediana, cheio de corpo, rosto barbeado e limpo, queixo normal; de longe, lembra o fazendeiro Karassévitch; é míope, por isso usa óculos.

Não seriam espiões austríacos?

8 de agosto de 1887

O VINGADOR

Fiódor Fiódorovitch Sigáev, logo depois de flagrar sua esposa no local do crime, encontrava-se na loja de armas de Schmuk & Co. e escolhia para si um revólver. Seu rosto expressava ódio, dor e uma decisão irrevogável.

"Sei o que tenho de fazer...", pensava ele. "As bases da família foram ultrajadas, a honra foi pisoteada na lama, o pecado triunfa, por isso eu, como cidadão e homem honrado, devo agir como vingador. Primeiro vou matar os dois, ela e o amante, e depois a mim mesmo..."

Ele ainda não havia escolhido o revólver e nunca matara ninguém, mas sua imaginação já pintava três cadáveres ensanguentados, crânios esmigalhados, os miolos escorrendo, uma balbúrdia, multidão de paspalhos curiosos, autópsia... Com a alegria malévola da pessoa insultada, ele imaginava os parentes e o público, a agonia da traidora, e mentalmente já lia os editoriais que comentavam a dissolução dos fundamentos da família.

O balconista da loja, um sujeito ativo e afrancesado, com uma barriguinha e colete branco, exibia na frente dele os revólveres, sorrindo respeitosamente e, arrastando os pezinhos, dizia:

– Eu o aconselharia, *monsieur*, a levar este maravilhoso revólver. Sistema Smith & Wesson. Última palavra da ciência das armas de fogo. Ação tripla, com extrator, alcance de seiscentos passos, tiro central. Chamo a sua atenção, *monsieur*, para a finura do acabamento. É o sistema mais em moda hoje, *monsieur*... Diariamente vendemos uma dezena deles, para atirar em bandidos, lobos e amantes. Tem um tiro muito forte e certeiro, alcança uma grande distância e mata com um só tiro a esposa e o amante. Quanto a suicídios, *monsieur*, não conheço sistema melhor...

O balconista levantava e abaixava o cão, bafejava no cano, mirava e fingia que estava morrendo de entusiasmo.

Vendo seu rosto deslumbrado, alguém poderia pensar que ele com prazer meteria uma bala na própria testa, se possuísse um revólver com um sistema tão maravilhoso como o do Smith & Wesson.

– E quanto custa? – perguntou Sigáev.

– Quarenta e cinco rublos, *monsieur*.

– Hum... Para mim é caro.

– Nesse caso, *monsieur*, vou lhe oferecer outro um pouco mais barato. Temos uma enorme variedade, de vários preços... Por exemplo, este revólver do sistema Lefaucheux custa apenas dezoito rublos, mas... – o balconista fez uma careta de desdém – mas, *monsieur*, já está ultrapassado. Só quem o compra agora são os proletários intelectuais e os psicopatas. Suicidar-se ou matar a esposa com um Lefaucheux é considerado atualmente um sinal de falta de elegância. Só se considera de bom-tom no momento o Smith & Wesson.

– Eu não preciso suicidar-me nem matar ninguém – mentiu Sigáev com ar sombrio. – Estou comprando apenas para levar para a casa de campo... para assustar os ladrões...

– Não é da nossa conta para que os senhores compram – sorriu o balconista, baixando o olhar discretamente. – Se fôssemos investigar os motivos a cada venda, *monsieur*, acabaríamos tendo de fechar a loja. Para assustar ladrões o Lefaucheux não serve, *monsieur*, porque produz um som muito baixo e surdo, e eu lhe recomendaria uma pistola Mortimer comum, de cápsula, conhecida como de duelo...

"Eu não deveria desafiá-lo para um duelo?" – perpassou pela cabeça de Sigáev. "Mas seria honra demais para ele... Esses animais devem ser mortos como cachorros..."

O vendedor, virando-se com graça e dando passinhos miúdos, sempre sorrindo e tagarelando, colocou diante dele uma coleção de revólveres. O mais apetitoso e convincente de todos era o Smith & Wesson. Sigáev pegou um revólver desse sistema, ficou olhando fixamente para ele com olhar obtuso e mergulhou em profunda meditação. Sua imaginação desenhava a maneira como ele faria saltar os miolos dos crânios, como o sangue correria pelo tapete e pelo assoalho, como a traidora agonizante esperneária... Mas isso era pouco para sua alma indignada. Os quadros de sangue, gritos e horror não o satisfaziam... Era preciso pensar em algo mais terrível.

"Talvez seja melhor matar a ele e a mim", pensou, "e deixá-la viva. Ela que definhe de remorso e com o desprezo dos que a rodeiam. Para uma personalidade nervosa como a dela, isso é muito mais torturante do que a morte..."

E imaginou como seriam seus funerais: ele, insultado, está deitado no caixão com um sorriso humilde nos lábios, e ela, pálida, torturada pelo remorso, vai atrás do féretro, como Níobe[1], sem saber onde se esconder dos olhares de desprezo que a multidão indignada lança sobre ela...

– Estou vendo, *monsieur*, que o senhor está gostando do Smith & Wesson – disse o balconista, interrompendo suas divagações. – Se o senhor o acha muito caro, posso lhe fazer um desconto de cinco rublos... De qualquer modo, temos outros sistemas mais em conta.

A figura afrancesada virou-se graciosamente e apanhou nas prateleiras mais uma dúzia de estojos com revólveres.

– Veja, *monsieur*, este custa trinta rublos. Não está caro, tendo-se em vista que a cotação do rublo caiu terrivelmente, e as taxas alfandegárias, *monsieur*, aumentam a cada hora. *Monsieur*, juro por Deus, sou conservador, mas eu também já estou começando a reclamar! Peço mil perdões, mas a cotação e as taxas alfandegárias fizeram com que, agora, só os ricaços possam adquirir armas! Para os pobres atualmente só restam as armas feitas em Tula[2] – isso é uma desgraça! Você atira na esposa com um revólver de Tula e acerta na própria omoplata...

De repente, Sigáev sentiu desgosto e lástima, porque ele estaria morto e não veria o sofrimento da traidora. A vin-

---

1. Na mitologia grega, filha de Tântalo e esposa de Anfião, rei de Tebas. Teve catorze filhos – sete homens e sete mulheres. Por ter se vangloriado, dizendo que a deusa Leto só tivera dois filhos, Apolo e Artemisa, estes, para castigá-la, mataram a flechadas treze dos seus filhos. (N.T.)

2. Cidade situada a uns duzentos quilômetros de Moscou. Pedro, o Grande, construiu ali uma indústria de armas. A cidade é famosa por sua metalurgia, fabricação de armas e de samovares. (N.T.)

gança só é doce quando se pode ver e apalpar os seus frutos, e que vantagem haveria se ele estivesse deitado no caixão e não tomasse conhecimento de nada?

"E se eu fizer assim", meditava, "eu o mato, depois dou uma chegada no enterro e, quando acabar, eu me mato... Mas, antes do enterro eu já terei sido preso e minha arma estará confiscada... Quem sabe deste modo: eu o mato, ela fica viva, eu... eu por enquanto não me mato, mas vou preso. Sempre haverá tempo para me suicidar. A prisão tem a vantagem de que, no inquérito preliminar, eu terei possibilidade de revelar, para as autoridades e a sociedade, toda a baixeza de sua conduta. Se eu me mato, ela, certamente, com a falsidade e o descaramento que lhe são peculiares, vai colocar toda a culpa em mim, e a sociedade vai justificar seu ato e provavelmente vai rir de mim; se eu permanecer vivo, eu..."

Um minuto depois ele pensava: "É isso, se eu me mato, provavelmente vão me acusar e suspeitar de sentimentos mesquinhos... Além disso, por que me matar? É a primeira questão. Segunda: suicidar-se significa acovardar-se. Portanto: eu o mato, ela permanece viva, eu serei julgado. Vão me julgar e ela vai comparecer como testemunha... Posso imaginar seu constrangimento, sua desonra, quando ela estiver sendo interrogada por meu advogado de defesa! A simpatia dos jurados, do público e da imprensa naturalmente estará do meu lado...".

Ele pensava e o vendedor espalhava na sua frente a mercadoria, sentindo que era sua obrigação entreter o comprador.

– Veja estes ingleses com um sistema novo que recebemos recentemente – tagarelava ele. – Mas previno-o, *monsieur*, de que estes sistemas ficam pálidos diante do Smith & Wesson. Há pouco tempo – o senhor com certeza já leu a respeito – um oficial adquiriu aqui um revólver Smith & Wesson. Ele atirou no amante e – que imagina o senhor? – a bala o atravessou, depois perfurou um pé de abajur de bronze, depois o piano de cauda, do piano ela ricocheteou, matou um cachorrinho e feriu a esposa. O efeito foi brilhante e honra a nossa firma. O oficial agora está preso... Vão condená-lo, naturalmente, e enviá-lo para os trabalhos forçados! Em primeiro lugar, nós ainda temos uma legislação por demais ultrapassada; em segundo lugar, *monsieur*, o júri sempre fica do lado do amante. Por quê? É muito simples, *monsieur*! Tanto o juiz, como os jurados, o promotor, os defensores – eles próprios são amantes de esposas alheias, e para eles será mais tranquilo se na Rússia houver um marido a menos. Para a sociedade seria agradável se o governo mandasse todos os maridos para Sacalina. Oh, *monsieur*, o senhor não sabe quanta indignação a atual dissolução dos costumes desperta em mim! Amar as esposas alheias é hoje tão aceitável como filar cigarros e ler os livros dos outros. A cada ano nosso comércio só faz piorar. Isso não significa que os amantes estão diminuindo, significa que os maridos se conformam com a sua situação e têm medo do julgamento e dos trabalhos forçados.

O vendedor olhou em volta e cochichou:

– E de quem é a culpa, *monsieur*? Do governo!

"Ser mandado para Sacalina por causa de um porco qualquer também não é sensato", refletia Sigáev. "Se eu for condenado a trabalhos forçados, isso só servirá para dar à minha esposa a possibilidade de se casar novamente e enganar o segundo marido. Ela vai sair vitoriosa... Portanto, ela vai ficar viva e eu não me suicido, e ele... eu também não o mato. Preciso pensar em algo mais sensato e impactante. Vou castigá-los com o meu desprezo, vou abrir um processo escandaloso de divórcio..."

– Aqui está, *monsieur*, mais um sistema novo – disse o balconista, tirando uma dúzia de caixas da prateleira. – Chamo sua atenção para o original mecanismo do cão...

Depois de haver tomado sua decisão, Sigáev já não precisava de revólver, mas o vendedor, cada vez mais inspirado, não parava de espalhar diante dele sua mercadoria. O marido enganado ficou constrangido porque, por sua causa, o balconista havia se esforçado em vão, como em vão havia elogiado, sorrido, perdido tempo...

– Está bem, ficamos assim – balbuciou ele –, depois eu passo aqui ou... ou mando alguém.

Ele não viu a expressão no rosto do vendedor, mas, pelo menos para disfarçar um pouco o constrangimento, sentiu necessidade de comprar alguma coisa. Porém, comprar o quê? Correu a vista pelas paredes da loja à procura de uma coisa barata e estacionou o olhar sobre uma rede verde que estava pendurada perto da porta.

– Isto... isto o que é? – perguntou.

– Uma rede para apanhar codornas.

– E quanto custa?

– Oito rublos, *monsieur*.

– Embrulhe para mim...

O marido ultrajado pagou os oito rublos, pegou a rede e, sentindo-se ainda mais ultrajado, saiu da loja.

12 de setembro de 1887

Sobre a tradutora

Maria Aparecida Botelho Pereira Soares nasceu em Belo Horizonte, em 1939. É formada em filologia (língua e literatura russa) pela Universidade da Amizade dos Povos Patrice Lumumba, de Moscou, com mestrado e doutorado em linguística pela UFRJ. Na mesma universidade, lecionou língua e literatura russa e linguística até 1993, quando se aposentou. Entre 1997 e 2000, trabalhou como lexicógrafa no Instituto Antônio Houaiss. Traduziu obras de Gógol (*O capote*, Alhambra, 1986), Krzyzanowski (*O marcador de página*, Ed. 34, 1997), Dostoiévski (*Notas do subsolo*, **L&PM** POCKET, 2008), Tolstói (*A felicidade conjugal* seguido de *O diabo*, **L&PM** POCKET, 2008), Tchékhov (*A dama do cachorrinho e outras histórias*, **L&PM** POCKET, 2009), entre outros. Foi agraciada com a medalha Aleksandr Serguêievitch Púchkin, por "grandes serviços prestados à divulgação da língua russa", conferida pela MAPRIAL (Associação Internacional de Professores de Língua e Literatura Russas).